焦燥感を抱えて唇を噛んでいると、
太い脚が畳を踏み締めて
距離を詰めてきて……
海琴の頬を、大きな舌がザラリと舐めた。
獅子王の激愛幼妻
「わっ！　なに……っていうか、舌っ、痛い。
あ……別に、舐められるのが嫌って
わけじゃないからな。本当にっ」

獅子王の激愛幼妻

真崎ひかる

19787

角川ルビー文庫

目次

口絵・本文イラスト／鈴倉　温

広大なサバンナは、地上の楽園と呼ぶにふさわしい美しい景観だった。

ところどころに緑の葉を有した樹木が立ち、二メートル近い草が生《お》い茂《しげ》る。

彼方《かなた》には頂に雪を冠《かん》した二千メートルクラスの山々が連なり、その裾野《すその》には侵入者《しんにゅう》を阻《はば》む密林が立ち塞《ふさ》がる。

肉食獣《にくしょくじゅう》も草食獣も、鳥類に爬虫類《はちゅうるい》も。多種多様な動物たちが自然の恵《めぐ》みを受けて、共存している。

さながら、神の箱庭だ。

「……ルイーザ」

低く、深みのある落ち着いた声で呼びかけられ、地面に伏《ふ》せていた顔を上げた。

目前に立つのは、白銀に輝《かがや》く見事な鬣《たてがみ》を風になびかせた、威風《いふう》堂々とした体躯《たいく》を誇《ほこ》るサバンナの王だ。

体毛は満月の光を吸い込んだような眩《まばゆ》い白銀、瞳《ひとみ》は紺碧《こんぺき》。サバンナに生きる誰《だれ》もが平伏《ひれふ》す絶対王者の弱点は……。

「まだ怒《いか》りは解けないのか」

機嫌伺《きげんうかが》いをする相手は、ただ一人。

黙《だま》っていないで答えないかと続けられ、紺碧の瞳から目を逸《そ》らして静かに言い返した。

「……怒《おこ》っていません。リオンが、水鳥を驚《おどろ》かせて結果的に大切な卵を割ってしまったことは、私が怒っても取り返しがつきませんから」

「やはり怒っているではないか。川岸にやつらがいたことに気づかなかったのだから、仕方がない」

「そうですね。そのご立派な御身《おんみ》は、強者の証《あかし》。威風堂々とした王としての、誇りでしょう。弱き者たちは、誰しもご自身に道を譲《ゆず》ると疑ってもいないのなら……傲慢《ごうまん》です」

「わかったわかった。俺が悪かった。……だから、おまえの美しい顔をこちらに向けてくれないか」

どんな時も、誰が相手でも決して屈《くっ》しない矜持《きょうじ》を持つ王がこんなふうに懇願《こんがん》するのは、自分に対してのみだ。

顔を背《そむ》けていても、不安と心細さを表した目でこちらを見ていると想像がつく。

それがわかっているから、そっと嘆息《たんそく》してそっぽを向いていた顔を戻《もど》した。

「謝る相手は、私ではないでしょう」

「……ああ。水鳥には改めて謝罪に行く。こんなふうに俺に意見するのは、ルイーザ……おまえだけだな」

「気に障《さわ》りますか？」

「いや。視野の狭《せま》い、傲慢なだけの王は、自ら蒔《ま》いた種でいずれ身を滅《ほろ》ぼす。過《あやま》ちを指摘《してき》し、叱責《しっせき》する怖《こわ》い存在は……必要だ」

すぐ傍《そば》に腰《こし》を下ろすと、視界の端《はし》で立派な鬣が揺《ゆ》れた。

長い尾《お》がポンと背に乗せられて、首を傾《かし》げて聞き返す。

「怖い？」

「そりゃ……怖いさ。おまえに嫌《きら》われたら、生きていけない。ルイーザ、おまえは俺のすべてだ」

「……王が、軽々しくそのようなことを言うべきでは」

「何度でも言ってやる。おまえがすべてだ。愛する妻、ルイーザ」

美しい白銀の鬣が風になびく。紺碧の瞳が、真っ直《す》ぐにこちらを見ていて……真摯《しんし》な想《おも》いを伝えてくる。

この強く美しい王の伴侶《はんりょ》であることは、何物にも代えがたい僥倖《ぎょうこう》だ。

「あなたが望む限り、お傍にいます。いさせてください」

「では、死して身が朽《く》ち……魂《たましい》のみの存在となろうとも」

「誓《ちか》います。我が王、リオン」

鼻先を擦《す》り合わせて、親愛の情を示す。

降り注ぐ太陽の光、草の匂《にお》いとともに吹《ふ》き抜《ぬ》けるサバンナの風……すべてが、永久不変に続くものだと信じていた。

あの日、これまで見たこともない武器を携《たずさ》えた侵略《しんりゃく》者どもが、無遠慮《ぶえんりょ》に楽園へと踏《ふ》み入ってくるまでは。

《一》

桜の開花が宣言された世間は、春一色だ。あちこちに淡《あわ》いピンク色の装飾《そうしょく》が施《ほどこ》され、どこか浮《う》かれた空気が漂《ただよ》っている。

「……死にたい」

重い足取りで歩道を歩きながらそんな不穏《ふおん》な一言を零《こぼ》す海琴《みこと》は、見るからにどんよりとした空気を全身に纏《まと》っているのだろう。

前から歩いてきた人が、露骨《ろこつ》に避《よ》けていく。

顔を上げると、夕闇《ゆうやみ》が迫《せま》っている。

昼前から当てもなくふらふらとしていたけれど、足が痛くなってきた。ふらつくのは、空腹も原因だろう。

財布《さいふ》の中には、微々《びび》たる額の現金しか入っていない。

いつまでこの数千円で過ごさなければならないのかわからないので、可能な限り手をつけないで取っておこうと決めている。

バッグには、昼食兼《けん》おやつにしようと思って購入《こうにゅう》した、カレーパンとメロンパンがあるけれど……今となっては、貴重な非常食だ。

「とりあえず、水……飲もう」

視界の端には、コンビニエンスストアが映っている。が、今の海琴には高級レストランにも等しいほど足を踏み入れづらい場所だ。

コンビニエンスストアから顔を背け、自動販売機《じどうはんばいき》には目も向けず……大通りを挟《はさ》んだ先にある、大きな公園を目指して横断歩道を渡《わた》った。

夕暮れ時の公園は、人影《ひとかげ》がまばらだ。都会の貴重な憩《いこ》いの場ということもあって綺麗《きれい》に整備されており、昼間は親子連れが遊んだりカップルがのんびり散策したりしているであろう広場や小道も、静まり返っている。

「地下水?……死ぬことはないだろ」

散水用につき飲み水ではありません、と注意書きが記されたプラスチックのプレートを無視して水栓《すいせん》を捻《ひね》る。

両手で水を受けて、二杯《はい》、三杯……と喉《のど》に流し込み、空っぽだった胃を水で満たして誤魔化《ごまか》した。

「は……ぁ。どうしようかなぁ。とりあえず今夜は、野宿か」

キョロキョロと視線をさ迷わせた海琴は、小道を外れて大きな樹《き》の根元を目指す。あのあたりなら人目にもつかないし、突発《とっぱつ》的な雨も木の枝葉が防いでくれそうだ。

……が、背の低い立ち木を掻《か》き分けて大木の根元に足を踏み入れた瞬間《しゅんかん》、動きを止めた。

そこには、海琴と同じことを考えたらしい先客がいたのだ。それも、小型テントのようなものがあり、どう見ても『住みついて』いる。

煙《けむり》の立つ七輪の前に屈《かが》み込んでいる初老の男性が、「ん？」と顔を上げて海琴を見遣《みや》った。

その男と目が合ったと同時に、ペコリと頭を下げる。

「お、お邪魔《じゃま》しました」

後から来た自分が遠慮《えんりょ》すべきだと即座《そくざ》に判断して、回れ右をしようとした。そうして身体《からだ》を捻ったところで、「まぁ待て」と声をかけられる。

呼び止められると思っていなかった海琴は、戸惑《とまど》いつつ捻りかけていた身体を戻して男を見下ろした。

「……すみません、邪魔をするつもりでは。あっ、ホームレス狩《が》りとか、物騒《ぶっそう》なことも考えていませんから！」

顔の前で両手を振《ふ》って、危害を加えるつもりではないと伝える。

先手必勝とばかりに、あちらから攻撃《こうげき》をされないように……という計算も含《ふく》んでのアピールだ。

「武器も持っていないし、見るからにひ弱そうなお兄ちゃんだ。そんな心配はしておらん。行き場を探していたんじゃないか？　若いのが、意味もなくこんなところに足を踏み入れたりせんだろう」

「は……あ。実は宿無し、でして。この公園で、野宿させてもらおうかなー……と」

見も知らない他人だからこそ、身構えることなく事情を話せる。ははは、と乾《かわ》いた笑いを零《こぼ》した海琴を見上げた男は、「ふむ」と小さくうなずいた。

「座れ。スルメを焼こうと思っていたんだ。酒もある。つき合え」

「あ、おれ……未成年で」

「頭が固いのぉ。なら、スルメだけでも齧《かじ》れ。七輪に当たればいい。夜はまだ寒いだろう」

手招きされて、ふらりと足を踏み出した。

日が落ちるとともに、風が冷たくなってきた。七輪の脇《わき》は、確かにあたたかそうだ。それに……スルメは堪《たま》らなく魅力《みりょく》的で、コクンと喉を鳴らす。

「ほら、遠慮せず」

迷っていた背中をそんな一言で押されて、大きくうなずく。

「じゃあ、失礼します」

自分でもあり得ないほど無遠慮かつ無防備なことを……と思いながら、七輪を挟んで男の前にしゃがみ込んだ。

「あったか……い」

それくらい、切羽詰《せっぱつ》まって……精神的に追い詰められていたのだと、七輪から立ち昇《のぼ》るぬくもりに気が抜けたことで、初めて自覚した。

□　□　□

今朝は、けたたましいカラスの合唱が目覚まし代わりという、幸先がいいとは言い難《がた》い寝覚《ねざ》めだった。

半月前に高校を卒業した海琴は、卒業直後に唯一《ゆいいつ》の家族である祖父を看取《みと》った。まるで海琴の高校卒業を待っていたかのように、満足そうに微笑《ほほえ》んで彼岸《ひがん》へと旅立った祖父の遺骨を祖母が眠《ねむ》っている寺の納骨堂に納めるため、昼前にアパートを出た。

無事に納骨が済んで一息つき、四月からの就職が決まっているパーキングの管理会社へと立ち寄ったのだが……海琴を出迎《でむか》えたのは、ドアに掲示《けいじ》された倒産《とうさん》を知らせる張り紙だったのだ。慌《あわ》ててそこに記されていた連絡先《れんらくさき》に電話をしてみても、虚《むな》しく呼び出し音が続くだけで状況《じょうきょう》がまったく摑《つか》めない。

「倒産？　って一言も聞いてないよっ。明日から、研修とか……言ってなかったっけ。おれ、どうなんの？」

呆然《ぼうぜん》とつぶやいても、誰《だれ》も海琴の疑問に答えてくれない。

混乱状態のまま、ひとまず自宅に戻《もど》ろうと雑居ビルを出てとぼとぼ道を歩き、もうすぐ帰りつく……というところで、異変に気づいた。

規制のための黄色いテープが道路を横切る形で張られており、通行を制されたのだ。その先のアパートの住人ですが、なにがあったんですか……と消防の制服を身に着けた男性に尋《たず》ねたところで、とんでもない事態が起きた。

こうして思い返しても、現実とは思えない。

「……アパートが、有名な斜塔《しゃとう》みたいに傾《かたむ》いてるのは遠目でもわかったんです。危険だからここから先は入れないなんて言われて、啞然《あぜん》として立ち尽《つ》くしているうちに、こう……映画でも見ているみたいに、ガラガラって崩《くず》れちゃって。一週間くらい前から、すぐ近くで大きな工事をしていたのは知っていたんですが、予想以上の量の地下水が噴《ふ》き出したことで地中に大きな空洞《くうどう》ができて、基礎《きそ》工事の甘い古いアパートが踏《ふ》ん張りきれなくて倒壊《とうかい》した、って感じらしいです」

初老の男性からお裾《すそ》分《わ》けしてもらったスルメをありがたく齧りつつ、怒濤《どとう》の一日を語る。

まだ混乱している海琴の説明はたどたどしく、行ったり来たり……ところどころ支離《しり》滅裂《めつれつ》になっているはずだが、初老の男性は黙《だま》って耳を傾けてくれた。

はぁぁ……と特大のため息をつくと、足元に生えている草を凝視《ぎょうし》した。

幸いだったのは、古いアパートに居住しているのは海琴と近くの大学の学生だけで、二人ともが外出していたことで人的被害《ひがい》がゼロだったたことくらいか。

「さらに地盤沈下《じばんちんか》するかもしれない、危険だからしばらく立ち入り禁止だって言われて、なーんにも持ち出せなかったんです。このバッグ一つで、路頭に迷うことになって……手持ちの現金はほとんどないし、なにをどうすればいいのかもわかんなくて」

こんな時に泊《と》めてくれそうな友人がいないわけではないが、彼はこの春からの大学進学のために遠方に引っ越《こ》したばかりだ。

友人不在の実家に押しかけられるわけもなく、ふらふら街をさ迷い歩き……辿《たど》り着いたのが、ここだ。

海琴が言葉を切ると、七輪の上で炙《あぶ》られたスルメがパチンと弾《はじ》ける音が聞こえてきた。

「若いのに波瀾万丈《はらんばんじょう》だな」

「そう……ですね。っていうか、今日が目まぐるしい一日だっただけですが」

今日、というか……この半月ほどか。物心ついた頃《ころ》には祖父母だけが家族で、若くして鬼籍《きせき》に入ったと聞いている両親の記憶《きおく》さえない海琴にとって、祖父は最後の血縁《けつえん》者だった。

十八で天涯孤独《てんがいこどく》というのは少しばかり一般《いっぱん》的ではないとは思うが、自分をカワイソウだと感じたことは一度もない。

友人曰《いわ》く、「負けず嫌《ぎら》い。とんでもなく楽観的で能天気。よく言えば前向き」という性格が幸いして、落ち込むこともほとんどない。

どうにかなるさと笑いながら、進路を塞《ふさ》ぐ障害物を自分なりに乗り越えてきた。

でも、独りぼっちになった挙げ句、住むところまで失い……着の身着のまま、わずかな所持品で路頭に迷う現状はさすがに悲惨《ひさん》かもしれない。

「おれ、ここに住みついちゃマズいかなぁ。公園に住むのって、許可制ですかね。つーか、どこに許可を取ればいいんだろ」

弱気になり、うつむいてボソボソつぶやく。大きなため息をついた海琴の背を、初老の男がバンバンと強く叩《たた》いた。

「若いの、へこたれるな。悪いことがあっても、生きてりゃいいこともある。よし、いいものをやろう」

「……いいもの？」

顔を上げた海琴に大きくうなずいた男は、すぐ傍《そば》にあるテントの中に上半身を潜《もぐ》り込ませてなにやらゴソゴソ探しているようだ。

薄汚《うすよご》れた布の向こうから、「ああ、あったあった」と言う声が漏《も》れ聞こえ、なにかを手にした男が戻ってきた。

「これを、あんたにやろう」

「はぁ……ぬいぐるみ、ですか」

ほら、と差し出されたのは、二十センチほどのぬいぐるみだった。行儀《ぎょうぎ》よく『お座り』をした、立派な鬣《たてがみ》を持つ白い毛の『ライオン』だ。

「遠慮《えんりょ》なく受け取れ」

「いえ、遠慮しているわけじゃなく……て」

グイグイと手元に押しつけられ、反射的に受け取ってしまった。指に触《ふ》れるたっぷりとした毛量の鬣は、意外なほど手触《てざわ》りがいい。

偶然《ぐうぜん》にも、海琴は子供の頃から『ライオン』が好きだった。靴下《くつした》やハンカチはもちろん、スプーンにフォークといったものまでライオンモチーフのものに目につく端《はし》から手を伸《の》ばし、買い集め……実は今も、穿《は》いているパンツの隅《すみ》にライオンの刺繍《ししゅう》がある。

それもあって、手に押しつけられた『ライオン』のぬいぐるみを雑に扱《あつか》えない。

少し離《はな》れたところにある電灯から届くほんのわずかな明かりの中、ジッとぬいぐるみを見下ろした。

「ライオン……だよなぁ？　目の色は、黒じゃないのか」

よくよく見れば、素材がガラスかプラスチックなのかはわからないが、少し変わった瞳《ひとみ》の色をしている。

ライオングッズが好きとはいっても、ぬいぐるみ自体にはさほど興味がない。だから、普通《ふつう》のライオンのぬいぐるみがどんなものかよく知らないけれど、紺碧《こんぺき》の瞳というのは少し珍《めずら》しいのではないだろうか。

すごく、綺麗《きれい》だ。目を……逸《そ》らせない。

「そいつはな」

「っ！」

無言でライオンの瞳を見据《みす》えていた海琴は、男の声にビクッと肩《かた》を震《ふる》わせて目をしばたたかせた。

ぼんやりとしていたせいで、ものすごく驚《おどろ》いた。ぬいぐるみのライオンに、魅入《みい》られたようになっていた。

「ただのぬいぐるみじゃない。不思議な力があるんだ。持ち主に栄華《えいが》をもたらすが、欲《よく》が過ぎて引き際《ぎわ》を見誤ると身を滅《ほろ》ぼす。俺も、一時は年収が億に届いたんだが……今じゃあ、このありさまだ」

「…………」

その話がどこまで本当なのか……単に自分をからかっているだけなのかもわからなくて、相づちを打つことさえできない。

猜疑《さいぎ》心が目に表れていたのか、海琴と視線を絡《から》ませた男はふっと笑《え》みを零《こぼ》した。

「信じられなくても無理はない。傍においているうちに、わかるだろうよ。そいつは主《あるじ》を選ぶんだ。捨てようとしても、いつの間にか戻ってくる。俺も知人から譲《ゆず》り受けたが……次の主はあんたのようだな」

主を選ぶ、ぬいぐるみだと？　眉唾物《まゆつばもの》としか思えない曰くといい、まるで呪《のろ》いのぬいぐるみだ。

そう思いながら、改めて手の中のぬいぐるみを見下ろした。

綺麗な紺碧色の瞳、ふわふわの鬣、きちんと揃《そろ》えられた両前脚《まえあし》、先端《せんたん》が筆のような形の長い尻尾《しっぽ》……愛嬌《あいきょう》のある、ライオンのぬいぐるみだ。

呪いという、おどろおどろしい単語とは無縁《むえん》に見える。

「今夜はここで寝《ね》るといい。布団《ふとん》はないが、安全は保障しよう。新聞と段ボール、使うか？　ほれ」

「……お言葉に甘えます。ありがとうございます」

ぬいぐるみを両手で握《にぎ》った海琴は、釈然《しゃくぜん》としない心境のまま初老の男の申し出をありがたく受ける。

コレが、兎《うさぎ》や犬や猫《ねこ》のぬいぐるみだったら、コッソリとベンチにでも置き去りにしたかもしれない。

ただ大好きな『ライオン』であるがために、妙《みょう》な情が湧《わ》いてしまった。

「まぁ、荷物が一つ増えたところでどうってことはないし……なぁ」

初老の男から提供された段ボールを地面に敷《し》き、その上に転がって新聞紙を腹の上にかける。

……意外とあたたかい。快適、とまで言ってしまえば言いすぎだが。

「明日《あした》は明日の風が吹《ふ》く、と。寝て、目が覚めたら新しい朝だ」

祖父の口癖《くちぐせ》を真似《まね》て独り言を零《こぼ》し、頭のすぐ脇《わき》にライオンのぬいぐるみを置く。深く息を吐《は》くと、全財産のバッグを抱《だ》き締《し》めて瞼《まぶた》を伏《ふ》せた。

《二》

草の匂《にお》いを含《ふく》む乾《かわ》いた風が、髪《かみ》を揺《ゆ》らす。

「ここは……どこだ？」

ポツリとつぶやいた海琴は、草や低木の生えた広大な大地と、遥《はる》か彼方《かなた》に聳《そび》える数千メートルクラスであろう標高の連峰《れんぽう》を見渡《みわた》す。

そういえば、テレビで似たような光景を見たことがある。サバンナというやつか？

足元に感じる草や土の感触《かんしょく》、風の匂いまでリアルで、ずいぶんと壮大《そうだい》な夢だな……と視線を巡《めぐ》らせた。

ポスターやテレビで目にしたことはあっても、サバンナなど一度もこの足で立ったことがない。

それにもかかわらず、どこか懐《なつ》かしいような不思議な気分が込み上げてくる。

ふと、一際《ひときわ》目を惹《ひ》く白い体毛の獣《けもの》の群れが、視界に飛び込んできた。

「ライオン……か？」

威風《いふう》堂々とした姿の猛獣《もうじゅう》が数頭、大きな岩の陰《かげ》や木の根元で寛《くつろ》いでいた。

白毛を持つホワイトライオンと呼ばれる種は、写真集などで見た憶《おぼ》えがある。所謂《いわゆる》アルビノではなく、遺伝的に色素の薄《うす》い個体が存在することは知っていても、これほど見事な白毛のライオンは初めて目にした。

「すごい……綺麗《きれい》だ」

小さく零して、感嘆《かんたん》の吐息《といき》をつく。

もともと海琴がライオンを好むという贔屓目《ひいきめ》を抜《ぬ》きにしても、誰《だれ》もが同じ一言を口にするに違《ちが》いない。

どんな言葉で装飾《そうしょく》して美辞麗句《びじれいく》を並べ立てるよりも、シンプルに『美しい』と表すべき姿だった。

中でも、見事な鬣を有する一頭の雄《おす》ライオンは、『百獣《ひゃくじゅう》の王』という言葉に恥《は》じない存在感を放っていた。

食い入るように見詰《みつ》める海琴に気づいたのか、こちらに顔を向けたその雄ライオンは、ゆったりとした動きで伏せていた地面から立ち上がる。

太い脚《あし》で大地を踏《ふ》みしめ、向かってくる猛獣を……見据え続けた。魂《たましい》を奪《うば》われたかのように、動くことができない。

なにより、巨大《きょだい》な猛獣を前にしても、恐怖心《きょうふしん》が微塵《みじん》も湧かないのが不思議だった。

そうか……夢だから、怖《こわ》くないのか。自分が都合よく操《あやつ》れる夢の中では、この猛獣が襲《おそ》いかかってくることも、きっとない。

「どうした。ぼんやりとして」

海琴の目前、三十センチほどの距離《きょり》を残した位置で歩みを止めたライオンが、長い髭《ひげ》の生えた口を開いた。

真っ直《す》ぐにこちらを見る瞳は、宝玉のような紺碧。見事な牙《きば》が覗《のぞ》く口から発せられたのは、唸《うな》り声ではなく、低い男の声だった。

「あれ、え……？」

ライオンが、しゃべった……？　なにより、その言葉の意味が、わかる？

目を瞠《みは》った海琴は、どこまで万能《ばんのう》な夢なのだろうと忙《せわ》しなくまばたきをする。

ライオンが人間の言葉をしゃべるなど、ファンタジーの世界だ。それも、海琴が理解できるのだから……日本語？

呆然《ぼうぜん》と目の前のライオンを凝視《ぎょうし》していると、スルリと鼻先をすり寄せてくる。

「ルイーザ。妙だな。ぼんやりするなど、珍しい。体調が優《すぐ》れないか」

ルイーザ？

「い、いや……あの」

いや、それより……今気がついたけれど、目線の高さがライオンとほぼ同じだ。立ち尽《つ》くしているはずなのに、視界が異様に低い。

ふと足元に目を落とすと、白い毛に包まれた……太い『前脚』が……。

「うわっっ、なんで、おれまで……っ、ライオン？」

「なにを言っている、ルイーザ？　寝惚《ねぼ》けているのか？　疲《つか》れているのなら、もう少し休んでいたほうがいいだろう」

ザリッと顔を舐《な》められて、硬直《こうちょく》した。

荒唐無稽《こうとうむけい》な夢なのに、ザラザラの舌は恐《おそ》ろしく臨場感溢《あふ》れる感触だった。鼻先をくすぐる鬣《たてがみ》も、とんでもなくリアルで生々しい。

なにがどうなっている……と視線を泳がせた海琴の視界の隅《すみ》に、キラリと太陽光を反射するものが映り……風に乗って、異臭《いしゅう》が漂《ただよ》ってくる。

アレハ、ナニ？

シラナイ。ハジメテ、ミルモノ。

デモ……キケンダ。

頭の中を目まぐるしく疑問が駆《か》け巡り、その疑問に対する答えは出ないまま本能が危険を告げる。

ココニ、アッテハナラナイモノ。

背丈《せたけ》の高い草が不自然に揺れ、つい先ほど太陽光を弾《はじ》いた人工物が白日の下へと晒《さら》された。

嫌《いや》な臭《にお》いは、アレから流れてきている。狙《ねら》いを定めるかのように向けられているのは、目の前にいる……愛《いと》しい存在。

どうしようと、頭で考えたのではない。誰かに身体《からだ》を乗っ取られたかのように自然と脚が動いて……、

「リオン！」

咄嗟《とっさ》に雄ライオンの背へ飛びかかったと同時に、ガァンと未知の爆音《ばくおん》が空気を震《ふる》わせた。

突然《とつぜん》の出来事に驚《おどろ》いた鳥たちが飛び立ち、草食動物たちが混乱のまま駆け出して、静寂《せいじゃく》に包まれていたサバンナは瞬《また》く間に狂乱《きょうらん》状態へと陥《おちい》る。

「なにっ？」

唸り声を上げたライオンたちが音の発生源に意識を向けるのとは対照的に、「ルイーザ！」と悲痛な声で名を呼ぶ声が耳に入る。

「なにがあった。ルイーザ……ルイーザ」

「リオ……ン、ご無事で？」

「俺は、なんともない！」

紺碧《こんぺき》の瞳《ひとみ》が、海琴を見下ろしている。王がおろおろする姿など、見せるものではない……と言いたいのに、声が出ない。

全身から力が抜ける。視界が暗くなる……。

自分の身になにがあったのか、わからない。けれど、この美しい百獣の王が無事であればそ

れでいいか。

「おいっ、ルイーザ。しっかりしろっ！　目を……開けてくれ。ルイーザ……」

悲痛な声で呼びかけられながら、顔を舐め回されているのはわかっても、もう指先一つ動かすこともできない。

深い闇《やみ》に落ちる……。

□　□　□

「ぅわっ！　なにっ？」

自分の声に驚いた海琴は、ビクッと大きく身体を震わせて飛び起きた。視界に映るものが見慣れたアパートの天井《てんじょう》や自分のベッドではなくて、軽く混乱する。

「……ここ、どこだ？」

周囲を見回した海琴の目に入るものは、青々とした草……太い樹《き》の幹、身体の下に敷《し》いている段ボール……腹のところには、新聞紙。

「あ……あ、そ、っか。公園で、野宿したんだった」

ようやく自分が置かれた状況《じょうきょう》を理解して、大きく息をつく。無意識に胸元《むなもと》に手を置くと、ドクドクと激しい動悸《どうき》が伝わってきた。

心臓が、全力疾走《しっそう》をしたかのように猛《もう》スピードで脈打っていた。うなじには、冷たい汗《あせ》がびっしりと滲《にじ》んでいる。

「変な夢、見た？」

寝言《ねごと》で目が覚めるなど、初めてだ。

夢から覚醒《かくせい》しきれていないような妙《みょう》な感覚の中、広げた手のひらを見下ろすと、指が小刻みに震えているのがわかる。

ついさっきまで、乾《かわ》いた風の中に立っていたような余韻《よいん》が漂っている。

そして、自分は……。

「ライオン？」

不可解なほどの、明晰《めいせき》夢だった。太い脚で踏みしめた大地の感触《かんしょく》まで、手足の裏に残っているみたいだ。

子供の頃《ころ》からライオンは好きだが、あの背に乗って走る夢はあっても、自分自身がライオンになった夢は初めて見た。

「これ……のせい？」

ふと視線を落としたのは、頭のすぐ傍《そば》に置いてあるライオンのぬいぐるみだ。

夢の中のホワイトライオンは紺碧の瞳をしていたのだから、なにが原因であんな夢を見たのかは明白だった。

まさか、あの初老の男が言っていたような『呪《のろ》いのぬいぐるみ』ではないだろうけど……これに影響《えいきょう》されたと考えるのが、自然だ。

「なんだろ。すげ、苦し……っ」

ジッと紺碧の瞳を見下ろしていると、胸の奥底からこれまで感じたことのない感情が湧《わ》き上がってくる。

不安？　違《ちが》う。恐怖《きょうふ》でもない。

ただ、心臓が、ギュッと摑《つか》まれているかのように痛い。

見えないなにかに、喉《のど》を絞《し》めつけられているみたいだ。苦しくて苦しくて、無理やり吐《は》き出した息がか細く震えた。

「は……っ、な……に」

視界が白く霞《かす》み、瞬きをした弾《はず》みにポトリと一滴《てき》の涙《なみだ》が落ちる。泣く理由など一つもないのに、自然と溢れ出てしまった。

息を吸おうとしたら、ヒクリとしゃくり上げるようになってしまう。

「おれ、どうかな……ったんじゃ」

感情の制御《せいぎょ》ができない。変だ。

自分が、どうなってしまったのか……困惑《こんわく》していると、もう一粒零《つぶこぼ》れた涙が手に持っているライオンの紺碧の瞳を濡《ぬ》らす。

「あ……えっっ！」

無意識に指で拭《ぬぐ》おうとした瞬間《しゅんかん》、視界が真っ暗になった。

なんだ？　重い……苦しい。なにが起きている？

「ぅ……ゲホッ、な……っ？」

腹のところになにかが伸《の》し掛《か》かり、全身を圧迫《あっぱく》されている。地面に転がっているらしく、背中に感じるのは草と小石の存在だ。

視界は、なにかに塞《ふさ》がれたままでよく見えない。

「なにっ、なんなんだよこれっ！」

自分の身になにが起きたのか、まったくわからない。なんとか身を捩《よじ》ろうとしても、思うように動けなくて恐慌《きょうこう》状態に陥る。

どうにかして現状を把握《はあく》しようと、手足をバタつかせて伸し掛かっているものをようやく押し退《の》け、頭上を見上げた。

「え……？」

海琴に覆《おお》い被《かぶ》さる体勢でこちらを見下ろしているのは、一人の男だった。

予想外の存在に、身を起こそうと暴れていたことも忘れて呆然《ぼうぜん》とその男を凝視《ぎょうし》する。

不揃《ふぞろ》いの毛先が肩《かた》につく長さの髪《かみ》は、白銀。純粋《じゅんすい》なアジア人ではないことは、目鼻立ちの彫《ほ》りの深さからも明らかだった。

海琴と視線を絡《から》ませている男の瞳は、まるでサファイアかラピスラズリのような深い紺碧色だ。

見ていると、吸い込まれそうで……あまりにも綺麗《きれい》すぎて、現実感が乏《とぼ》しい。

この世のものとは思えない美貌《びぼう》を目《ま》の当たりにした海琴は、動くことも、たった一言発することさえできない。

鋭《するど》い眼差《まなざ》しで、食い入るように海琴を見据《みす》えていた男が、ゆっくりとその唇《くちびる》を開いた。

「……ルイーザ」

「え?」

低い声は、確かに『ルイーザ』と言った。どうして、その一言に聞き覚えがあるのか……深く記憶《きおく》を探《さぐ》る必要はなかった。

つい今しがた、海琴が見ていた夢だ。立派な体躯《たいく》の美しい雄《おす》ライオンが、同じ名を呼びかけていたのは……自分に?

いや、違う。夢の中の、ライオンに……だ。

「この日を、どれほど待ち侘《わ》びたか。ようやく巡《めぐ》り逢《あ》えた。我が妃《きさき》……」

大きな手が、海琴の頬《ほお》をそっと撫《な》でる。

どう見ても日本人ではないのに、男の言葉を理解できることの不思議さが、海琴から現実感を薄《うす》れさせる。

唖然《あぜん》と紺碧の瞳を見詰《みつ》めていると、どんどん近づいてきて……。

「ッ……？」

視界が暗くなった直後、唇にやんわりとしたぬくもりが触《ふ》れた。それでも動くことができずにいると、歯列を割って濡れた感触が口腔《こうこう》へと潜《もぐ》り込んでくる。

「ぅ……っ！　っん、ンー……っっ！」

これはまさか、食いつかれている……のではなく、キスをされているのではないかと気がついて、ビクリと身体《からだ》を跳《は》ね上げさせる。

ようやく、惚《ほう》けていた頭に思考力が戻《もど》った。

「や、め……ッ、ぁ……！」

慌《あわ》てて顔を背《そむ》けようとしたけれど、押し退《の》けようとした手を掴まれて地面に縫《ぬ》い留められ、更《さら》に深くなった口づけに動きを制される。

口の中、粘膜《ねんまく》を……まるで味わっているかのように、じわじわと舐《な》められる。唾液《だえき》の一滴、吐息《といき》さえ奪《うば》うかのように唇を塞がれて、指先から力が抜《ぬ》ける。

息が、苦しい。ガンガンと頭の中で鼓動《こどう》が響《ひび》き、なにも考えられなくなる。

もう、ダメ……だ。

酸欠のせいか、意識を手放しかけた寸前、唐突《とうとつ》に塞がれていた唇を解放された。ドッと流れ込んできた冷たい空気に、「ケホッ」と噎《む》せる。

草の上で身を丸めて夢中で呼吸をしていると、背中を掬《すく》い上げるようにして両腕《りょううで》の中に抱《だ》き込まれた。

「は……っ、ぁ、は……っふ」

「……すまない。我を忘れてしまった」

震《ふる》える海琴の背中を、大きな手が宥《なだ》めるようにそっと撫でている。

力強い腕の中はあたたかくて、まるで全身で護《まも》られているかのようで……身を預けようとしたところで、我に返った。

「は、離《はな》せ」

「ルイーザ？」

海琴が身体を強張《こわば》らせたことが伝わったのか、不思議そうに言いながら両手で頭を摑まれる。至近距離《きょり》にある紺碧《こんぺき》の瞳《ひとみ》を睨《にら》みつけると、震える唇を開いた。

「ルイーザって、なんだよ。だいたい、あんた……何者だ？　なにがどうなって、いきなり襲《おそ》いかかってきたんだよっ！」

これほど立派な体軀の男が、今までどこに潜《ひそ》んでいたのだろう。影《かげ》も形も、気配さえなくて、まるで降って湧いたみたいだった。

頭の中に浮《う》かぶ疑問を次々にぶつける海琴を、男は不思議そうに見返している。言葉が通じないというわけではないはずだ。さっきまで、海琴にもわかる流暢《りゅうちょう》な日本語を発していたのだから。

「聞こえてんだろ。説明しろよ、キス泥棒《どろぼう》！」

問題はソコではないかもしれないが、見も知らない男にファーストキス……それも超濃厚《ちょうのうこう》なモノを奪われた身としては、文句を言わずにいられなかった。

きっと涙目になっている海琴に、男はほんのわずかに眉根《まゆね》を寄せて首を傾《かし》げる。

「口づけくらいで、なんだ。おまえとは番《つがい》なのだから、交わったことの二度や三度……数え切れないほどあるだろう」

「ツガイ？　交わる……って、そんなわけあるかっ！」

なにもかも、ワケがわからない。

非常識なほどの美形なのに、どこかおかしいのか……もしかして役者とか？　罰《ばつ》ゲームかなにかで、野宿している海琴を見かけてからかっているのではないだろうか。

近くに仲間が潜んでいるかもしれないと、キョロキョロと周囲を見回してみたけれど、他《ほか》に人影は見当たらなかった。

それどころか、すぐ近くにあった小さなテントや……暖を取った七輪、初老の男がいた痕跡《こんせき》さえない。唯一《ゆいいつ》、海琴が使っていた段ボールと新聞紙が、現実だったと示している。

忽然《こつぜん》と消えた、という表現がピッタリだ。

「な……んだよ、これ」

現代日本の都心に、人を化かす狸《たぬき》か狐《きつね》でもいるのか？

そんなあり得ないところに思考が行き着くほど、困惑の渦《うず》に巻き込まれる。動揺《どうよう》を隠《かく》せない海琴とは裏腹に、男は落ち着き払《はら》った様子で言葉を続けた。

「まさか、俺がわからないのか？」

そう言いながら海琴を見下ろす男は、冗談《じょうだん》を口にしている雰囲気《ふんいき》ではない。真摯《しんし》な目で、ジッと見据えてくる。

「……存じません」

これほど印象的な男と、一度でも逢っていれば忘れるわけがない。小さく首を左右に振《ふ》った海琴に、男は眉間《みけん》に縦皺《じわ》を刻んだ。

「なぜだ、ルイーザ！　リオン……と、その唇で我が名を呼べ」

懇願《こんがん》する調子でそう言いながらグッと両肩を摑《つか》まれて、強く食い込んでくる指の痛みに顔を顰《しか》める。

ルイーザ……リオン。

それらの名前を知っているのは、夢の中で耳にしたせいだ。

目が覚めたと思っていたけれど、まだ夢を見ているのではないだろうか。そうでもなければ、不可解すぎる。

「なんか……ワケ、わかんない」

男の肩越《かたご》しに視線を泳がせて、大きな樹《き》の幹を視界に映す。これで背景がサバンナであれば、やはり夢だと納得《なっとく》できるのに、この男の存在以外はすべて現実的で……だから尚《なお》のこと、混乱が深くなる。

「おまえの涙《なみだ》で、封印《ふういん》が解けた。だから、おまえは間違《まちが》いなくルイーザだ。なのになぜ、俺を思い出さない？」

「なぜ、と言われても……だいたい、封印とかなんのことだ？　あんた、何者だよっ」

もぞもぞと身動《みじろ》ぎした海琴は、密着している男からようやく少しだけ身を離すことができた。

ホッとしたのは一瞬《いっしゅん》で、目を瞠《みは》って男を指差す。

「なんで全裸《ぜんら》なんだっ！　服を着ろ！」

距離が近すぎたせいで、これまで男の全身が目に入っていなかったのだ。

だから、まさか全裸だとは予想もしていなくて、慌てて布団《ふとん》代わりにしていた新聞紙を投げつける。

「服……？　そんなものはない」

胸を張って堂々と答えた男を前にした海琴は、クラリと眩暈《めまい》に襲われる。

どうして、それほど偉《えら》そうに言えるのだろう。非常識なほどの美形なのに、語る内容が『服はない』だ。

「ない、って……全裸でウロウロしていたわけじゃないだろ。おれをからかうのも、いい加減にしろよ」

どこかで脱《ぬ》いだのだろうと、近くの草の陰《かげ》や樹の根元を見遣《みや》る。けれど、服らしきものは……見当たらない。

「服がないと、不便か」

「いや、不便とかって問題じゃなくて……身動きが取れないと思うけど。新聞を巻いて街を歩こうものなら、五分も経《た》たずに警察が駆《か》けつける」

どうして自分は、大真面目《おおまじめ》に変な男と会話を交《か》わしているのだろう。

ふと、今更ながらの疑問が頭に浮かぶ。

「では、着るものを調達してこい」

「……は？」

「このままでは、なにもできないのだろう？　だったら、どうにかしろ」

尊大な態度で言い放った男は、真顔で海琴と視線を絡《から》ませている。紺碧の瞳をマジマジと見ていた海琴は、自分の胸元《むなもと》を指差して聞き返した。

「おれ、が？」

「おまえ以外に、誰《だれ》がいる。おまえが着ているものは……無理そうだからな」

海琴のシャツをチラリと見た男は、自分の胸元に視線を移して「小さい」とつぶやく。

それは、どんなに頑張《がんば》っても無理に決まっている。袖《そで》はなんとか通っても、ボタンは留められそうにない。

「だから、おまえがなんとかしろ」

「は……あ」

当然のようにそう言われて、曖昧《あいまい》にうなずいた。

ぼんやりとしている海琴に苛立《いらだ》ったように、「早くしろ」と眉《まゆ》を顰《ひそ》めながら急《せ》かされて、慌《あわ》てて立ち上がる。

「コンビニじゃダメか。……そういえば、公園のすぐ傍《そば》にＱＡがあったはず」

この公園に入る直前に、ファストファッションのショップ前を通った記憶《きおく》がある。ＱＡと呼ばれるショップは、サイズや色のバリエーションが豊富な服が手ごろな価格で買えるとあって、海琴もよくお世話になっている。

繁《しげ》みを出た海琴は、確かあのあたり……と背伸《せの》びをする。

「あ、やっぱりあった」

目指す場所を確認《かくにん》すると、木々のあいだから見え隠れしている派手な看板に向かって小道を歩き出した。

「あの男のサイズだと、ＬＬじゃ無理か？」

Mサイズでも布が余る海琴より、遥《はる》かに逞《たくま》しい肩幅《かたはば》や胸板だった。手足の長さから推測するに、きっと身長も、百六十八センチの海琴より二十センチくらいは高い。

「パンツとシャツと……ズボンがあれば、とりあえずなんとかなるか。靴《くつ》はサンダルでいいだろ」

独り言をつぶやくと、手探《てさぐ》りでジーンズの尻《しり》ポケットに財布《さいふ》があることを確かめながら、横断歩道を渡《わた》った。

《三》

「おれ、バカじゃね？　あの男に言われた通り、バカ正直に服なんか買わずに、逃《に》げればよかったんじゃゃ……」

今更ながらそう思いついた海琴は、公園の敷地《しきち》に一歩足を踏《ふ》み入れたところでピタリと動きを止めた。

右手にある、ＱＡのロゴが大きく印刷された袋《ふくろ》がガサリと揺《ゆ》れる。

深い紺碧《こんぺき》の瞳《ひとみ》に、催眠《さいみん》術でもかけられたみたいだ。言われるままに服を調達して戻《もど》ってくるなど、自分でも信じられない。

あの時は、そうしなければならないような気になってしまったのだ。

「つーか、財布の中身……五百円そこそこになったし」

セール品のワゴンを探ってシャツやズボンを購入《こうにゅう》したけれど、もともと乏《とぼ》しかった財布の中身は更《さら》に悲惨《ひさん》なことになっている。やっぱりバカとしか思えない。

だいたい、あんなわけのわからない男のところに戻って、これからどうする？

このまま回れ右をして逃げてしまおうかとチラリと頭を過《よぎ》ったが、よく考えればボディバッグをあそこに置いてきた。

電池が切れる寸前とはいえ、携帯電話《けいたいでんわ》はあのバッグの中だ。小さなボディバッグには、大袈裟《おおげさ》ではなく財布以外の現在の海琴の全財産が詰《つ》まっている。

「うう……やっぱり、一度はあそこに戻らないといけないのか」

ガックリと肩を落とした海琴は、とぼとぼ小道を歩き出す。すっかり朝日が昇《のぼ》り切り、小さな子供を連れた人とすれ違った。

はしゃぎながら歩く子供に、元気だなぁ……と唇《くちびる》を綻《ほころ》ばせたけれど、微笑《ほほえ》ましい光景に似つかわしくない『全裸の男』が頭に浮《う》かんで頰《ほお》を引き攣《つ》らせる。

こういう親子連れに、あの恰好《かっこう》の男を目撃《もくげき》されてしまったら大騒《おおさわ》ぎになる。一刻も早く、服を着せなければ。

そんな危機感に背中を押されて、小走りで公園の奥へと進んだ。

「大人しく、ここにいるだろうな」

頼《たの》むから、あの変質者的な恰好でうろつくなよ……と祈《いの》るように思いながら、息を切らして繁みを掻《か》き分け、低木のあいだから潜《もぐ》り込む。

広い公園内には似たような大木がたくさんあるが、ここで間違いないはず……。

「あ、いた」

男は、海琴がここを離《はな》れた時と同じ場所に、不貞腐《ふてくさ》れた顔で座っていた。

「戻ったか。待ちくたびれたぞ、ルイーザ」

ホッとした直後、またしても『ルイーザ』と呼びかけられてしまい、服の入った袋を差し出しながらため息をつく。

「これ、着て。で、ルイーザじゃない。なんでそんな名前で呼ばれるのかわかんないけど、おれの名前は海琴だから」

海琴の手から袋を受け取った男は、ゴソゴソと服を引っ張り出して首を傾《かし》げる。

両手で広げたシャツをジッと見て、海琴に視線を移し……「そうか」とつぶやいた。

「これは上着で、こちらは下穿《したば》きか。……ん？」

「パンツは、ズボンより先に穿くものだろ。って、マジで服を着たことがないみたいだな。裸《ら》族《ぞく》かよ」

冗談《じょうだん》のつもりでそう言いながら笑った海琴だが、男は真顔だった。納得《なっとく》したように小さくうなずいて、ぎこちない動きで服を身に着けていく。

これが演技なら、ものすごい名優だ。本当に、初めて服を着るように見える。

日本語は不自由なく操《あやつ》れるみたいだが、外国人としか思えない外見なので、一般《いっぱん》的な洋服ではなく民族衣装を着て生活していたのかもしれない。

正体が不明なので、推測するしかないけれど。

「サイズ、大丈夫《だいじょうぶ》そうだな」

シンプルな白いシャツと黒のコットンパンツを身に着けた男を前にして、ホッと息をついた。

同性とはいえ、目前にいる人間が全裸だと目のやりどころに困る。既製服《きせいふく》の想定サイズより手足が長いのか、シャツもズボンも少しばかり寸足らずだけれど、これでようやく落ち着いて話ができそうだ。

「なんか、いろいろ疑問っていうか……謎《なぞ》ばかりなんだけど、なにから聞けばいいかなぁ」

改めて話を聞こうとすると、どこから手をつければいいのか迷う。不可解なことが多すぎて、頭の中が混乱している。

ひとまず、突然《とつぜん》目の前に現れたこの男がどこから来たのか……か？　全裸で木の上に潜《ひそ》んでいたわけではないだろうし……。

「ルイーザ、そんなに離れるな。俺の傍に」

悩《なや》んでいると、グッと手を摑《つか》んで引き寄せられて男の胸元《むなもと》に抱《だ》き込まれた。身体《からだ》を強張《こわば》らせた海琴は、まずはこれだ！　と男の胸元に手を突《つ》っ張る。

「だからっ、ルイーザってなんだよ！　さっきも言ったけど、おれは海琴。甲村《こうむら》海琴って名前なんだけど」

「…………」

ルイーザなんかじゃない、と呼びかけを否定すると、露骨《ろこつ》に悲しそうな顔をされてしまった。落胆《らくたん》を隠《かく》そうともしない姿に、グッ……と息を詰める。

なんなんだ、本当に。

偉《えら》そうな態度かと思えば、迷子になった子供みたいな情けない顔をして……感情が明け透《す》けで、どう接すればいいのかわからなくなる。

「どうして、記憶が戻らない。俺の封印《ふういん》が解けると同時に、ルイーザも過去の記憶を取り戻すはずだったのでは。呪術師《じゅじゅつし》は、そう言っていたはずだ」

両手で頭を掴まれて、食い入るように目を覗《のぞ》き込まれる。

紺碧の瞳は、本当に宝玉を埋《う》め込んだみたいだ。あの、初老の男から譲《ゆず》り受けたライオンのぬいぐるみと同じ……。

「ライオンの、ぬいぐるみはっ？」

そういえば、あのぬいぐるみはどこにいった？

手に持っていたライオンのぬいぐるみの瞳に、涙《なみだ》の雫《しずく》が落ちて……指で拭《ぬぐ》おうとした瞬間《しゅんかん》、この男がどこからともなく現れたのだ。

存在を忘れそうになっていたぬいぐるみを探して、地面をキョロキョロ見回す。草の上にも、敷物《しきもの》代わりにしていた段ボールの脇《わき》にも……二十センチほどの大きさのぬいぐるみは、どこにもない。

まるで、この男が現れたのと入れ替《か》わりに忽然《こつぜん》と消えたみたいだ、と思い浮かべた海琴の思考を読んだかのように、男が口を開く。

「ぬいぐるみ、か。アレは窮屈《きゅうくつ》だった。魂《たましい》を封印され、獅子《しし》型の依《よ》り代《しろ》を数え切れないほど渡り歩いたが、子供にベタベタ触《さわ》られるのには辟易《へきえき》した」

頭上から落ちてきた男の声に、ぎこちなく顔を上げる。

窮屈だとか、魂を封印されていたとか……依り代だとか。ファンタジー映画の世界でしか聞かないような言葉だ。

海琴は、コクンと喉《のど》を鳴らして男の言葉を復唱した。

「獅子型の依り代を……渡り歩いた？」

「仕方がない。本来の姿から大きくかけ離れたものには、魂が馴染《なじ》まないらしいからな。それに、あまり長きに渡って一つの依り代に宿っていては、魂が同化する危険がある。最初の木彫《きぼ》りはすぐに朽《く》ち、次の鉄製のものには五十年ほど世話になったか……。おまえが手にした、布で作られたものに移ったのは、十年余り前だ」

「……えーと、ぬいぐるみに……入っていた人みたいな、言い回しだけど？」

あまりにも非現実的な言葉を大真面目《おおまじめ》に語る男に、恐《おそ》る恐る聞き返す。

なんだろう。冗談が上手《うま》いな、と笑い飛ばせない空気が漂《ただよ》っている。

「魂を封印されていたのだから、同一体と言っていい。まさか、転生したおまえに巡《めぐ》り逢《あ》うのに二百年もかかるとは思わなかったが……ようやく見つけた。ルイーザ、愛《いと》しい我が妃《きさき》。姿はかつてとは似ても似つかないものだが、変わらず愛らしい……」

「いやいやいや、全然、ワケがわかんないんだけど。ルイーザとか呼ぶなって！」

鳥肌《とりはだ》が立つような甘ったるい台詞《せりふ》を吐《は》きながら、端整《たんせい》な顔を寄せてくる。

唖然《あぜん》としていた海琴は、間近に迫《せま》る紺碧《こんぺき》の瞳《ひとみ》にハッとして慌《あわ》てて男の顔を押し戻《もど》した。そう何度も、キスなんかされてたまるものか。

「なぜ、避《さ》けようとする。ルイーザ」

「じゃないって、何回も言ってんだろ。海琴だ！」

「……強情《ごうじょう》だな。仕方ない。聞き入れてやろう、海琴。……本当に、俺がわからないのか？リオンと、その甘い声で呼んだ名も？」

「し、知らな……い」

ルイーザと、リオン。

まったく憶《おぼ》えがないわけではない。でもあれは……海琴の夢の中で聞いたのだから、この男は知らないはずで。

胸の奥に種火のような痛みが残っていて、チリチリと存在を主張する。

この、深い紺碧の瞳で見詰められたら、その痛みがどんどん大きくなって……胸の奥いっぱいに膨《ふく》れ上がる。

自分の胸の内もよくわからなくて、ギクシャクと男から目を逸《そ》らした。

「妃……ってなんだよ。変な呼び方、するな」

「ああ、すまない。ここでは、妃ではなく妻と言うんだったな。依り代に封印されてはいても、外界の情報は難なく得られたのだ。言語や生活様式を始めとした、知識には問題がないはずだから安心しろ」

「妻、って……いや、単語の問題じゃないんだけど」

言葉自体に問題があるわけではなく、その『妃』だとか『妻』という表現を、男の海琴に当てはめようとすることに無理がある。

そう訴《うった》えても、たぶんこの男には無意味だな。

「それに、安心の意味がわかんないし」

これまでのやり取りを思い起こして反論を諦《あきら》めると、別のポイントに眉《まゆ》を顰《ひそ》めた。

目をしばたたかせた男は、海琴の手を取って指先に唇《くちびる》を押しつける。

「あらゆるものから、おまえを護《まも》ることができる。喜べ、もう二度と離《はな》れたりしない」

「は……っ、離せよ！　初対面の男にストーカー宣言されて、誰《だれ》が喜ぶか！」

慌てて手を振《ふ》り払《はら》おうとしても、強く摑まれていて放してくれない。

焦《あせ》った海琴は、関《かか》わるべきではなかった……バッグなど諦めて、公園に戻らなければよかったと後悔《こうかい》する。

こんなだから、友人に『基本的にお人好《ひとよ》し』だとか『なにかと貧乏《びんぼう》くじを引くよな』と、仕方なさそうに笑われるのだ。

「初対面ではないと言っているだろう。ルイー……海琴。どうして、思い出さないんだ！」

切羽詰《せっぱつ》まった、苦しそうな声でそう言いながら、視線を絡《から》ませられる。

必死だと隠そうともしない、これほど悲痛な声と顔で責められたら、自分が悪いことをしているような気になる。

紺碧の瞳が、懇願《こんがん》を滲《にじ》ませてジッと海琴を見詰めていて……負けた。

「とりあえず……あんたの話を聞く。幸か不幸か、時間はたっぷりあるからな。ゆっくり、順番に話して聞かせてくれよ」

「あ、ああ……」

大きく肩《かた》を上下させて、子供に言い聞かせるつもりでゆっくりと話しかける。

海琴の作戦は間違《まちが》いではなかったらしく、男は落ち着いた表情になって強く摑んでいた手から力を抜《ぬ》いた。

それでも、逃《に》がさないと言わんばかりに海琴の手を握《にぎ》っている。

「えーと……その前に、腹減ってない？　カレーパンとメロンパン、おれと半分ずつだけど……食う？」

「……いただこう」

ボディバッグを引き寄せた海琴は、左手を男に握られたままという不自由な状態で変形したパンを取り出して、半分ずつ男に差し出した。

初めて目にする物体のように不思議そうな顔でパンを見ていた男は、一口齧《かじ》って言葉ではなく「美味《うま》い」の顔をすると、あっという間に食べ終えてしまう。

「もう半分ずつ、食うか？」

よほど空腹だったのかと、一口だけ齧ったメロンパンをさらに半分にしようとした海琴の手を、意外なことに男が押し留《とど》めた。

「それは、おまえの糧《かて》だ。食え。食料は、後で調達することにしよう」

「は……あ。調達」

どこで、どうやって？

自信ありげに言い放った男に、疑問が喉まで込み上げる。でも、引っかかったことをいちいち聞き返していてはキリがないだろう。

質問はすべて後で纏《まと》めることにして、急いで簡素な朝食を終えた。

□　□　□

「すべてを語るには、途方《とほう》もない時間が必要になる。だから、簡単な経緯《いきさつ》のみ説明しよう」

そんな前置きをした上で、リオンと名乗った男が語ったのは、現実離《ばな》れしたものばかりだった。

リオンは、もともとサバンナに棲《す》む獅子族の王だった。約二百年前、卑劣《ひれつ》な密猟者《みつりょう》グループに襲撃《しゅうげき》されてリオンただ一頭を残し、群れが壊滅《かいめつ》状態になった。ルイーザという名のリオンの伴侶《はんりょ》も、不幸にも犠牲《ぎせい》になった。

絶望したリオンは、サバンナから遠く離れた密林の奥深くに棲むと言われている呪術師《じゅじゅつし》を頼《たよ》り、ルイーザの亡骸《なきがら》を背に長い旅に出た。

ようやく辿《たど》り着いた密林で、呪術師にルイーザを生き返らせるように懇願したけれど、完全に息絶えてしまっていてはどうすることもできないと非情な宣告を受ける。

ただし、彼女の魂を転生させることはできる。

それまでの長き時間、孤独《こどく》に耐《た》えながら待つことができるか……と問われ、再び彼女の魂《たましい》と出逢《であ》えるのならば待つ時間など苦ではないと、リオンはうなずいた。

呪術師はリオンの魂を依り代に封印《ふういん》して、ルイーザと巡り逢うことができれば封印が解けるように、術を施《ほどこ》した。

肉体は朽《く》ちるが、魂は朽ちることはない。依り代に封《ふう》じられたまま、永遠にルイーザと巡り逢えない可能性もあると聞かされても、リオンの決意は揺《ゆ》らがなかった。

どれほどわずかな可能性であろうと、愛する伴侶との再会を望み、人の手を介《かい》して世界中を放浪《ほうろう》することとなった。

広大な砂漠《さばく》の中から、たった一粒《つぶ》の砂を見つけ出すような途方もない捜索《そうさく》であろうと、必ず愛《いと》しい存在に巡《めぐ》り逢《あ》うのだと心に決めて……。

「……で、その呪術師だかの封印が解けて、今はライオンが人に化けているってこと？　基本形態が、ライオンなんだよね？」

非日常の連続に感覚が麻痺《まひ》しているのか、リオンの正体がサバンナに棲むライオンだと聞かされても「へー……」と受け止めてしまう。

なにより、リオンの説明は簡潔かつわかりやすく、意外なほど理論的だった。

首を捻《ひね》る海琴に、リオンは真剣《しんけん》な顔で続けた。

「少し違う。もともと、我が一族の王族は人に姿を変えることができるのだ。血を分け与《あた》えた、その伴侶も同じこと。呪術師は、俺の魂を依《よ》り代《しろ》に封じただけだ。ルイーザの魂と巡り逢えるまで、どれほどの月日が必要になるかわからなかったからな。俺が、そう望んだ」

熱っぽい眼差《まなざ》しで海琴を見詰めたリオンは、恭《うやうや》しく手の甲《こう》に唇を押しつけてくる。

どんな偶然《ぐうぜん》かわからないが、どうやら海琴がリオンの封印を解いてしまったようなのは間違いない。

でも、だからといって海琴を『ルイーザ』であると決めつけるのは、短絡《たんらく》的ではないだろうか。

「あ、あのさ……悪いけど、やっぱりおれはリオンの伴侶じゃない。ライオンになんか、化けられないし……なによりほら、男！　なんかの間違いだって」

握り締《し》められているリオンの手ごと自分の胸元《むなもと》に押しつけて、やわらかな丸みなど一切《いっさい》ない男であることを突《つ》きつける。

なんの根拠《こんきょ》があってかわからないが、迷うことなく「ルイーザ」と呼びかけてきていたリオンも、これで我に返って間違いではないかと少しは疑問に感じるだろう。

そう……思っていたのに。

「男だとか、女だとか……器《うつわ》の性別など、どうでもいい。大事なのは、魂がルイーザであることのみだ」

真っ直《す》ぐに海琴を見据《みす》えたまま、リオンは揺るぎない声でそう言い切る。

リオンの発する空気に圧倒《あっとう》されてしまい、海琴はグッと息を呑《の》んで唇《くちびる》を引き結んだ。

「だ、だからおれには、その『ルイーザ』の記憶《きおく》なんか全然ないんだって。やっぱり、人違いだろ」

繰《く》り返し、どうして俺がわからないとか思い出せと迫《せま》られているけれど、記憶を探《さぐ》るまでもなく憶《おぼ》えがないのだ。

そう主張した海琴に、リオンは初めてほんの少し不安の浮《う》かぶ顔をした。

「そこが、俺にも解《げ》せないところだ。俺の封印が解けると同時に、ルイーザの魂も甦《よみがえ》り、過去を取り戻《もど》すはずだった。何故《なぜ》、戻らない？」

「……別人だから、じゃないか？」

信じきっているリオンには悪いが、なんと言われても海琴は自分が『ライオンのルイーザ』だなどと思えない。

どうすれば別人だと納得《なっとく》して諦《あきら》めてくれるのか、大きなため息をついて足元に視線をさ迷わせた。

嫌《いや》がるというよりも、困っている。それは、ルイーザと愛《いと》しそうに呼びかけてくるリオンの瞳《ひとみ》が、あまりにも澄《す》み切っているせいだ。

あれほど真っ直ぐに、真摯《しんし》なほどの愛情を向けられてしまうと……本当に自分が『ルイーザ』で、リオンを思い出すことができないという酷《ひど》いことをしているのではないかと、不安になってくる。

そうして揺らぐ自分を、「しっかりしろよ」と叱咤《しった》した。

非現実的な事態と、迷いなく言い切るリオンに引きずられている。自分は、間違いなく『ルイーザ』ではない。

自身に言い聞かせてゆるく首を振《ふ》ったところで、視界の端《はし》にリオンの指先が映った。

「な……んだよ」

しばらく無言だったリオンの手が伸《の》びてきて、海琴が着ているシャツの胸元《むなもと》を掴《つか》む。逃げる間もなく強く左右に割られて、上二つのボタンが弾《はじ》け飛んだ。

「なにすんだっ！　やめろって！」

突然《とつぜん》の暴挙に出たリオンに、手足をバタつかせて抵抗《ていこう》する。

体格の差は歴然で、力ずくで押さえ込まれたら勝てるわけがない。最初の印象を覆《くつがえ》す理知的な言動に、完全に油断していた。

リオンは、海琴の抵抗などものともしない。無言でシャツを引き下ろされて、左肩《ひだりかた》を露《あら》わにされる。

「やめ……っ！」

なにを考えているのかわからない、リオンがどうする気なのか予想もつかないのが不気味で、全身を強張《こわば》らせて顔を背《そむ》けた。

怯《おび》えていることを隠《かく》そうと、虚勢《きょせい》を張る余裕《よゆう》など皆無《かいむ》だった。リオンが全身に纏う威圧《いあつ》感に、圧倒される。

百獣《ひゃくじゅう》の王、ライオン。更《さら》に、サバンナの王だったという言葉も疑いようのない、類稀《たぐいまれ》なオーラを放っている。

食いつかれてしまうのではないかと、まるで肉食獣《にくしょくじゅう》に捕《と》らえられた草食動物になったかのような心情で、全身を硬直《こうちょく》させた。

海琴の怯えに感付いているのか否《いな》か、ふっと手を止めたリオンの低い声が、頭上から落ちて

くる。

「やはり。間違《まちが》いない。おまえは、ルイーザだ」

「……え？」

落ち着いた声に恐《おそ》る恐る目を開いた海琴は、覆《おお》い被《かぶ》さっているリオンの視線が、自分の首のつけ根あたりに注がれていることに気がついた。

そっと指の腹で撫《な》でられて、ビクリと肩を震《ふる》わせる。

「牙《きば》の痕《あと》だ。所有の証《あかし》として、伴侶の誓《ちか》いを立てた際に……俺が噛《か》んだ。俺の首元にも、おまえが噛んだ痕があるぞ」

そう言ったリオンは、片手で自分のシャツの襟《えり》をずらして「ここだ。よく見ろ」と海琴に示す。

リオンはついさっきまで服を着ていなかったが、マジマジと身体《からだ》を見たりしなかった。見ろと促《うなが》されて注意して目を向けると、確かに……皮膚《ひふ》の色が違う部分がある。

牙が食い込んだ痕跡《こんせき》だと言われれば、そう見えないこともない。

「同じだろう？」

「ち、違う。おれの痣《あざ》は、生まれつき……で」

惚《ほう》けていた海琴は、首を横に振って「同じ」というリオンに反論した。

違う。友人に、吸血鬼《きゅうけつき》とかに噛まれた牙の痕みたいだと笑われたこともあるけれど、偶然そんなふうに見えるだけで……ただの痣だ。

前世、ライオンだった時にリオンが噛んだ痕だなんて、そんなことあるわけがない。

「生まれ持ったもの？　それこそが、なによりの証。生まれつく前から……魂に刻まれていたのだからな」

確信を持った口調で断言されて、ぎこちなく首を横に振ることしかできなかった。

目が覚めた時……いや、怒濤《どとう》の一日だった昨日からずっと、混乱の渦《うず》に巻き込まれている。

自分の身に降りかかったものは、なにもかも夢だと、現実逃避《とうひ》したくなる。

「おまえがどれほど否定しようが、俺はもうおまえの傍《そば》を離《はな》れないからな。忘れているのならば、思い出すのを待つまでだ。おまえの転生を、二百年待った。それが少しばかり延びようと、どうということはない」

傲慢《ごうまん》な宣言かと思いきや、言葉を切ったリオンは見ているこちらの胸が痛くなるような、切ない微笑《びしょう》を浮かべて海琴を見下ろした。

紺碧《こんぺき》の瞳に一途《いちず》に見詰《みつ》められると、胸の奥が奇妙《きみょう》に甘く疼《うず》くのは……どうしてだろう。

「さてと、まずはなにをするべきか。どんなものからでも護《まも》ってやるぞ、我が妻」

海琴のシャツを正したリオンは、手を引いて転がっていた地面から起き上がらせる。

自信たっぷりに、どんなものからでも……と宣言されて、深く息をついた。

もう……『妻』呼ばわりに、抗《あらが》う気力もない。心身が疲弊《ひへい》しきっていて、いろんな意味で限界だ。

肩を落とした海琴は、力ない声で、ポッポッと情けない現状を話して聞かせた。

「現実的なことを言ったら、現金がない。おれの財布《さいふ》には、五百円……と、七円くらいしかないからな。住むところもなければ、飯を食うこともできない。移動するにも、徒歩だ。それでも……おれといるって？　護るとか、どうやってだよ」

ははは、と乾《かわ》いた笑いを零《こぼ》す。

離れないなどと宣言されても、自分を養うことすらできない状況《じょうきょう》だ。カレーパンとメロンパンを半分ずつ食べたことで、手持ちの食料もなくなった。

路頭に迷うのが、一人から二人になり……唯一《ゆいいつ》のプラスポイントは、立派な体躯《たいく》をしている上に妙《みょう》な迫力《はくりょく》のあるリオンが共にいれば、ボディガード代わりになってくれそうだということくらいか。

この男が、『妻』だとかなんとか珍妙《ちんみょう》なコトを言ってこなければ……心強いと思えなくもないのだが。

海琴の泣き言を耳にしたリオンは、思案の表情を浮かべる。

「現金か。この国では、ぬいぐるみ姿で十年余り過ごしてきたからな。手っ取り早く得る手段を、知らないわけではない」

「は……あ」

胸を張って口にしたリオンを、のろのろと見上げる。なにを言うにしても、どうしてそんなに自信満々なのだろう。

迷うことなどないとばかりに、海琴の手を引いて座り込んでいた草の上から立ち上がる。

なにかと思えば。

「馬がいるところはどこだ」

「う、馬ぁ？」

突拍子《とっぴょうし》もない一言に、奇妙な声を上げてしまった。

馬。まさか、捕《つか》まえて食う……とか？　テレビで見るライオンは、シマウマとかを狩《か》って食べていたような気が……。

言葉を失って動揺《どうよう》する海琴に、リオンはほんの少し眉《まゆ》を顰《ひそ》める。

「そうだ。馬だ。ケイバジョウ……と言えば、伝わるか」

「ケイバジョウ……ああ、競馬……か。なんだ。ビックリした」

日頃《ひごろ》縁《えん》がなく、耳慣れないケイバジョウという一言が、ようやく『競馬』と結びつく。

馬を狩るわけではないのかとホッとしたのは一瞬《いっしゅん》で、そこでなにをどうする気なのか、不思議な心地《ここち》でリオンを見上げた。

「って……え？　競馬場でどうする気？」

「現金を調達する。ぬいぐるみに封《ふう》じられていても、外界の情報は得ていたと言っただろう？

どうすればいいか、方法は知っている」

「いや、方法は知っていても……本気、で？」

競馬でどうにかする気なのかと、恐る恐る尋《たず》ねた海琴に、リオンは真顔でコクリとうなずく。海琴の手を握《にぎ》ったまま、「行くぞ」と歩き出したリオンの後を慌《あわ》てて追いかけながら、もう一度、

「本気か？」

と、途方《とほう》に暮れた声でつぶやいた。

《四》

信じられない。

いや、現実だと信じたくない。

こんな、とんでもないことがあっていいのか？

「換金《かんきん》してきたぞ。これくらいあれば、当面は困らないだろう。……ルイーザ……海琴？　なに、ぼんやりしている？」

大きなモニターを見上げて啞然《あぜん》としていた海琴は、突如《とつじょ》視界に飛び込んできた紺碧の瞳《ひとみ》にビクッと背を反らした。

祖父も競馬に興味がなかったらしく、これまで海琴には縁がなかった。ルールさえ、よく知らない。競馬場に足を踏《ふ》み入れたこと自体、初めてだ。

ただ、リオンが購入《こうにゅう》した小さな紙切れ一枚が、恐ろしい枚数の一万円札に化けたことだけは確かで……。

「ここに入れるぞ」

「うわっ！　怖《こわ》いんだけどっ！」

手を出そうとせず、惚けている海琴に焦《じ》れたのか、リオンは大きな手で摑《つか》んでいた一万円札の束を海琴のボディバッグへと突《つ》っ込んだ。

途端《とたん》に、軽かったバッグが重くなった。

物理的な重量よりも、心理的な重さのほうが大きいかもしれないが、ズシリと肩《かた》に食い込むバッグの紐《ひも》の存在感が怖すぎる。

「用が済んだなら、出よう」

周りにいる中年男性たちの視線が集まっていることを感じた海琴は、慌ててリオンの腕《うで》を摑んで競馬場を後にした。

速足で競馬場から遠ざかり、息が切れてきたところでようやく足を止める。

できるだけ、人目につかないところは……と視線を巡《めぐ》らせて、背の高いビルとコンビニエンスストアのあいだにある路地へと身を滑《すべ》り込ませた。

「なんでっ？　なにやったんだよ」

両手で肘《ひじ》のあたりを摑んでリオンを追及《ついきゅう》すると、不思議そうに瞬《まばた》きをして海琴を見下ろしてきた。

「なに、とは？　おまえも見ていただろう。競馬だ」

「そ、そうだけど……。競馬のルールとかは全然知らないけど、あれが普通《ふつう》じゃないことくらいは、おれにもわかるんだ」

海琴がリオンに差し出したのは、なけなしの五百円だ。

レースの前、パドックと呼ばれていた場所を歩く馬たちをしばらく見ていたリオンは、迷うことなくマークシートを記して自動券売機を操作した。

持っていろと手渡《てわた》された切符《きっぷ》のような長方形の紙を手に、レースを見守り……電光掲示板《けいじばん》に表示されたレース結果と、払戻《はらいもどし》金の倍率に目を疑った。

詳《くわ》しい競馬用語は知らなくても、馬が背にした番号を三つ、リオンがピタリと当てたことはわかるのだ。

「五年ほど前の主《あるじ》が、競馬好きだったからな。俺が一緒《いっしょ》だとよく当たるとか言って、頻繁《ひんぱん》にジャケットの胸元《むなもと》にぬいぐるみを忍《しの》ばせて競馬場を訪《おとず》れていた。そこから見ていたのだから、機械の操作など造作もない」

「違《ちが》うっ。おれが疑問なのは、リオンが競馬のルールを知っているとか迷わず馬券を買えるとか、そういう次元のことじゃなくてっ。なんで、こんな……ことになるのか、ってところだ」

いくら入っているのか考えるのも怖くて、「こんな」と言いながら震《ふる》える手でバッグの肩紐を摑む。

三連単とか、大穴とか……チラリと耳にしたことはあるが、それがなにを意味するのかまでは知らない。

ただ、たった五百円が数十万……いや、もう一つ上の桁《けた》の額にまで膨《ふく》れ上がったことは間違いなくて、深く考えるのも恐《おそ》ろしい。

あんな一万円札の束、初めて生で見た。自分が肩にかけたバッグに入っていると思うだけで、膝《ひざ》が震えそうだ。

「馬……だけではないが、生き物のコンディションが見えるんだ。全身に薄《うす》く纏《まと》う空気の色が、赤に近いほど闘志《とうし》が漲《みなぎ》っている。足元が黒いと、うまく脚《あし》の運びが進まない。それらを考慮《こうりょ》すれば、先頭を切ってゴールする馬がどの個体か読むことくらい容易《たやす》いものだ」

「……容易くないと思うけど」

事もなげに言い放ったリオンに、海琴は軽い眩暈《めまい》に襲《おそ》われる。

つまり、馬のオーラのようなものが見えるということか。リオン自身が非常識な存在なので、それもあり得ないことではなさそうだが。

これまで信じていた『普通』とか『常識』がことごとく覆《くつがえ》されてしまい、リオンに関するもののすべてに疑問を持つこと自体がアホらしくなってきた。

現実逃避《とうひ》しているだけだとわかっているが、深く考えようとしたら頭が痛くなる。

「腹が減ったな。とりあえず、食事だ」

「……はぁ。そう……だな」

不正や犯罪行為《こうい》ではなく、ルールに則《のっと》った正当な手段で手にした現金だ。功労者であるリオンにそう言われては、拒否《きょひ》などできない。

「怖いから、これ……リオンが持ってくれる？」

黒いバックパックを差し出した海琴に、リオンはほんのわずかに意外そうな顔をする。

そういえば、獅子《しし》族の王だと言っていた。荷物持ちなど、不快か……？　と発言を撤回《てっかい》しようとしたところで、大きな手がバッグを取り上げた。

「おまえの望みなら、喜んで。我が妻」

背を屈《かが》めたリオンが、海琴の耳元に唇《くちびる》を押しつけながら甘ったるく囁《ささや》く。

カーッと瞬時《しゅんじ》に首から上が熱くなり、海琴は慌ててリオンから飛び退《の》いた。

「つ、妻じゃないって言ってんだろ。飯っ。なにが食いたい？　ラーメンとか蕎麦《そば》じゃないよな。やっぱり肉……か？」

リオンに背を向けた海琴は、早口でそう言いながら路地を出る。

顔が……顔だけじゃなくて、身体中が熱い。心臓が、変に鼓動《こどう》を速めているのがわかる。

右手の甲《こう》でゴシゴシと頬《ほお》を擦《こす》っても、なかなか熱が引いてくれなくて……普段《ふだん》の倍ほどのスピードで歩道を歩きながら、「なんだよコレ」と唇を噛《か》む。

「海琴。これがいい」

「っ……あ？　ああ……わかった」

背後から腕を摑まれて、ようやく足を止める。

リオンが指差しているのは、焼き肉屋のランチメニューが掲示された看板で、やっぱり肉食なのか……と無意識に唇を綻《ほころ》ばせた。

□□□

「久々に肉を口にした。生肉を食わせてくれないのは残念だったが」

平然と七人前の焼き肉を平らげたリオンは、満足そうに言いながら頭上を仰《あお》ぐ。

明らかに純粋《じゅんすい》な日本人ではない……極上《ごくじょう》の美形に分類されるリオンの姿に、通行人たちがチラチラと視線を送っているのがわかった。競馬場でも目立っていたけれど、若い女性の多いこのあたりでは殊更《ことさら》人目を惹《ひ》くようだ。

リオン本人は、自分が注目されていることに気づいていないようだが……。

血の滴《したた》る生肉を口にしようとするリオンを説得して、レア状態でもいいから焼いてくれ……とテーブル上で攻防戦《こうぼうせん》を繰《く》り広げた海琴は、グッタリしつつ答えた。

「衛生面の問題で、このところ肉の生食は難しいから……仕方ないだろ」

「ふん。ただの人と同列にされるのは心外だな。生肉を食ったところで、俺が腹を壊《こわ》すものか。さて……これからどうする？」

そう言いながら海琴を振《ふ》り向いたリオンに、これから？　と足元に視線を落とす。

住む場所や仕事をどうすればいいのかは、思いつかない。ただ、今は……。

「そうだな……ひとまず、アパートに戻《もど》ってみる。昨日は、規制線が張られていて近づくこともできなかったけど、可能なら持ち出したいものとかあるし……どうなっているのか、確かめたい」

一番気になるのは、通帳と印鑑《いんかん》が無事かどうかだ。一つだけ幸いなのは、祖父の納骨が済んでいたことだった。

貯蓄《ちょちく》額は微々《びび》たるものでも、祖父が自分のために残してくれたのだから、一円たりとも無駄《むだ》にするわけにはいかない。

「では行こう」

リオンは、海琴と行動を共にするのは当然とばかりにうなずいて、大股《おおまた》で歩き出す。

数歩進み、海琴が付いてくる気配がないせいか不満げに振り向いた。

「どうした？」

「……方向が違う。なんで、自信満々にそっちに歩こうとするのか不思議なんだけど」

「なに？　では、海琴が案内しろ」

偉《えら》そうに手を差し伸べて案内を求められた海琴は、文句を言っても無駄か……と嘆息《たんそく》して踵《きびす》を返した。

「こっち。とりあえず、電車に乗る。ＪＲの駅が近いはずだから……」

「……俺の手を無視するな」

低い声で不満をぶつけられても、人通りが多いところで、こんなに目立つ男の手を取れるものかと心の中で反論する。

誰《だれ》にどんな目で見られようが、一向に構わないらしいリオンは、海琴に追いついて肩《かた》に手を回してくる。

「ぎゃっ、密着するなって！」

身を離《はな》そうと焦《あせ》る海琴に、リオンは首を傾《かし》げて真顔で言い返してきた。

「なぜだ？　そんなこと、これまで一度も言わなかっただろう。伴侶《はんりょ》から身を離さないのは、当然のことだ」

「なぜって、おれは……リオンも、ライオンじゃないからだよ。人間の男同士は、こんなふうにベタベタしない！」

肩を抱《だ》いていたリオンの手を払《はら》い落とすと、「おまえは冷たい」とかなんとか、ブツブツ文句を零《こぼ》す。

そんなリオンの苦情など聞こえていないふりをして、大股で駅を目指した。

リオンに、寄り添《そ》うのが当然のような振る舞《ま》いをされると、なんとも調子が狂《くる》う。

海琴はこれまでスキンシップが苦手だと感じたことはないし、友人と肩を組むくらいは普通《ふつう》にしていたのに、リオンが相手だと必要以上に逃《に》げ腰《ごし》になってしまう。

きっと、『妻』だとか『伴侶』だとか、同性から言われることなど一生なかったはずの言葉を、当然のように言われるせいだ。

「中身が動物……ライオンでも、今の外見は非常識なレベルのイケメンなんだってことを自覚しろよ。無駄に目立つ」

リオンには聞こえないはずの音量で独り言を零して、ようやく見えてきた駅舎にホッと息をついた。


昨日は失意の中、とぼとぼ数時間かけて歩き、公園に辿《たど》り着いたけれど……電車に乗ることができたおかげで、数十分でアパートに帰りつくことができた。

海琴がここを離れた時は、アパートの数十メートル手前のところから、道路を横断する形で立ち入り禁止の黄色いテープが張られていた。

幸い今は、立ち入り禁止区域がアパートの敷地《しきち》のみに縮小されているようだ。

「見張りのガードマンとかはいないけど、勝手に入ったらマズいかなぁ」

周囲には、昨日のような野次馬の姿もない。

今だったら、誰にも見咎《みとが》められずコッソリ入れるのでは……と腕《うで》を組んで崩《くず》れたアパートを眺《なが》めていると、

「甲村さん！」

突然《とつぜん》、背後から名前を呼びかけられた。

勢いよく振り向いた海琴の目に、こちらに向かって手を振る老婦人の姿が映る。

「あ……大家さん」

家賃は銀行振り込みだし、顔を合わせる機会は年に一度あるかないかという頻度《ひんど》だ。ただ、半月前に祖父が他界した際にお供え物を持ってきてくれたこともあり、すぐにアパートの大家だとわかった。

小走りで海琴の傍《そば》へ駆《か》け寄ってきた女性は、ホッとした顔で話しかけてくる。

「ああ、よかった。連絡《れんらく》がつかなくて心配していたんですよ。昨日は、どこかお友達のところにでも？」

チラリとリオンを見上げながら、そう尋《たず》ねられる。

連絡がつかない？　携帯電話《けいたいでんわ》の番号は、教えているはずだが。

「はぁ……まぁ、そんなところです」

公園で野宿しました……などと、友人がいないかのような情けないことは言えない。

肯定《こうてい》も否定もできずに曖昧《あいまい》にうなずいた海琴は、携帯電話を取り出して「あ」と小さく零し

た。

そろそろ電池が切れそうだなとは思っていたけれど、画面が真っ暗だ。

「すみません。携帯電話、気がつかないうちに充電が切れてたみたいです」

海琴の言葉に、彼女は「まぁ、とりあえずお会いできてよかった」と、ホッとしたようにうなずいた。

「とんだ災難だわね。工事していた会社の人が、当面の住まいを用意してくれるそうだから、こちらに連絡をして。損害補償《そんがいほしょう》とか、詳《くわ》しいことは後々になるそうだけど」

エプロンのポケットから名刺《めいし》らしき紙片《しへん》を差し出されて、「はい」と受け取った。

どうやら、ホームレスになるという危機だけは回避《かいひ》できそうだ。

動揺《どうよう》のあまり、ふらりとこの場を離れた昨日の自分は、自覚していた以上に気が動転していたに違《ちが》いない。

やはり、ここに戻ってきて正解だった。

「あっ、大家さん。荷物……持ち出せないでしょうか」

全壊《ぜんかい》状態のアパートを指差して尋ねた海琴に、女性は気の毒そうに表情を曇《くも》らせて首を左右に振った。

「まだ地盤沈下《じばんちんか》が落ち着いていないみたいだから、しばらく入れないそうよ。荷物は諦《あきら》めたほうがいいかもしれないわねぇ」

「はぁ……通帳とか、貴重品も……ですか」

「通帳は、銀行に事情を話せばなんとかしてくれるんじゃないかしら。身分証明書を持って、銀行に行ってみたらどう？」

「……その身分証明書が、あそこなんですけど」

運転免許証《うんてんめんきょ》を取得していない海琴が持つ身分証明書は、保険証と卒業したばかりの高校の生徒手帳くらいだ。

それらすべてが、立ち入り禁止の黄色いテープの向こうなのだが……。

海琴に窮状《きゅうじょう》を訴《うった》えられても、女性にはどうすることもできないとわかっているけれど、ぼやかずにいられなかった。

案の定、女性は困惑《こんわく》の表情を滲《にじ》ませて首を傾げる。

「あらあら、そうねぇ。もう少ししたら、中に入ることもできるはずだから……ひとまず、そちらに連絡して住む場所を確保して、待ってみたらどうかしら」

「……そうします」

うなずくと、海琴が「助けてくれ」と縋《すが》りつかなかったことに、露骨《ろこつ》にホッとした様子で背を向けた。

これが一般《いっぱん》的な反応だろう。顔見知り程度の他人に、必要以上に関《かか》わりたくないという思いは海琴にも理解できる。

祖父と二人寄り添って、慎《つつ》ましく生きてきたこれまでの数年で、幾度《いくど》となく思い知らされたのだから……。

「ふん、口先だけの『心配』か」

そんな一言と共に背後から長い腕が巻きついてきて、ビクッと肩を震《ふる》わせた。

海琴の身体《からだ》を腕の中に抱き込んだリオンは、気負いの一切《いっさい》感じられない低い声で淡々《たんたん》と語る。

「俺は、おまえを全身全霊《ぜんれい》で護《まも》るからな。なにがあっても見捨てない。今度こそ……護り切ってみせる」

グッと強く抱き締《し》められて、心臓がドクンと大きく脈打った。

密着した背中が、あたたかい。

迷うこともなく、そうするのが当然とばかりに「おまえを護る」と口にしたリオンを、イラナイと突《つ》っぱねられない。

祖父がいなくなり、自分一人で生きていかなければならないと決意していた。誰かに護ってもらおうなどと、考えたこともないのに……。

強固に築き上げたはずの強がりの城塞《じょうさい》が揺《ゆ》らぎそうになるから、弱っている時にこんなふうにしないでほしい。

「ぼんやりとして、どうした？　ルイーザ？」

「……あ！」

耳に飛び込んできた『ルイーザ』という一言で、惚《ほう》けていた頭が現実に立ち戻《もど》った。

慌《あわ》ててリオンの腕の中から抜《ぬ》け出した海琴は、背後を振《ふ》り向いてリオンを睨《にら》みつける。

「ベタベタするなって、何回も言ってるだろ」

「おまえがボーッとしているからだ、海琴」

今度は、海琴と呼びかけられる。ついさっき、自分が『ルイーザ』と口にしたことを、自覚していないのかもしれない。

それほど自然に、リオンの中には『ルイーザ』が棲《す》みついている。

共に過ごしたのは二百年前と言っていたが、途方《とほう》もない時間の経過などものともしないくらいに、今でも特別なのだ。

だから？　海琴には……関係ない。

「とりあえず、ここに連絡してみないと。あ、でも携帯の充電が先だな。ショップ……か、コンビニでもいいか」

リオンに背を向けると、大家から渡《わた》された名刺を手の中に握《にぎ》った。

今の自分がどんな顔をしているのか、わからなくて怖《こわ》い。

リオンの口からルイーザの名前を聞かされると、ザラリと神経を逆撫《さかな》でされるみたいで気持ちが悪い。

関係ない。

リオンも、ルイーザも……海琴には違う世界の存在に等しい。

そう頭から追い出そうとしても、小さな棘《とげ》が刺《さ》さったかのようにチクチク痛くて……意識の外に追いやることができなかった。

《五》

アパートが倒壊《とうかい》する原因となった工事の施工主《せこう》、大手建設会社が用意してくれた仮住まいは、古びたアパートの補償《ほしょう》としては申し訳なくなるほど快適な住居だった。

二階建てのアパート一棟《むね》に、２ＬＤＫが四部屋というゆったりとした造りで、日当たりもいい。

築年数も、きっと十年未満で……無償で提供された住まいだが、海琴では家賃を払《はら》えないと思う。

当然のように海琴についてきたリオンと二人で生活しても、狭苦《せまくる》しいと感じることがない。

「んー……やっぱり、飲食店かな。食事つきというのは、かなり魅力《みりょく》だ。要普通免許《ふつうめんきょ》って多いなぁ。高校を卒業する前に、車の免許を取っておけばよかった」

「……海琴？　なにを熱心に見ている？」

バスルームから出てきたリオンが、海琴の背後に立って手元を覗《のぞ》き込んできた。白銀の髪《かみ》を伝い落ちた水滴《すいてき》が、ポタポタと海琴の肩《かた》に当たる。

「髪、びしょ濡《ぬ》れのままだ。風邪《かぜ》ひくぞ」

四月の真ん中を過ぎたとはいえ、朝晩は肌寒《はだざむ》い日がある。髪が濡れたままだと、湯冷めしそうだ。

そう眉《まゆ》を顰《ひそ》めた海琴は、背後に身体を捻《ひね》ってリオンが首にかけているタオルを手に取り、ガシガシと髪を拭《ぬぐ》った。

リオンはされるがまま海琴に頭を預けて、目を細めている。

「なんていうか……リオンは時々、子供みたいだよな。見かけは立派な大人なのに。人間の年だと、いくつだっけ？」

「数えで、二十五だった。今は、プラス二百歳というところだが」

「……二百二十五歳か。なんか、妖怪《ようかい》レベルだな」

こんな異様な会話を、普通《ふつう》に交《か》わせる自分が不可解だ。慣れというものは恐《おそ》ろしい。

ブツブツ零《こぼ》しながらリオンの髪を拭《ふ》いていた海琴は、前髪のあいだから紺碧《こんぺき》の瞳《ひとみ》がこちらをジッと見ていることに気がついて、湿気《しっけ》の残る頭から手を引いた。

綺麗《きれい》な紺碧の瞳は見慣れても飽《あ》きることはなく、間近で視線が絡《から》むと、落ち着かない気分になってしまう。

「もう自分で拭けよ。ドライヤーを使ったら、すぐ乾《かわ》くのに」

「アレは苦手だ。耳の傍《そば》でガーガーとうるさい」

どうやらリオンは、聴覚《ちょうかく》が普通の人間より優《すぐ》れているらしい。

ライオンの名残《なごり》というものか、気配にもやたらと敏感《びんかん》だし、たまに常人離《ばな》れしていると感じることがある。

「あとは放っておけば乾くだろう。それはなんだ？」

疑問を口にしながら、海琴が小さなガラストップテーブルに広げたままの冊子を指差したリオンに、ふっと息をついて答えた。

「……バイト情報誌。就職予定だった会社が夜逃《よに》げ状態で倒産《とうさん》したし、せめてアルバイトでもしないと」

当面の住まいには困らないし、建設会社からの見舞金《みまいきん》とリオンが競馬で得た現金があるので、しばらくは衣食住の不安がない。

でも、ずっと悠々自適《ゆうゆうじてき》に暮らしていけるわけがない。

長くここにはいられないだろうし、現金を使えば減るのは当然で、無限にあるわけではないのだ。

「アルバイト？　働く気か」

「当たり前だろ」

「必要ないだろう。現金が尽《つ》きかければ、また競馬場に出向いて……」

「おれがっ、嫌《いや》なんだ！」

強い調子でリオンの言葉を遮《さえぎ》ると、意外そうに目を見開いて海琴を見下ろしてきた。

最後まで言わせなかったが、競馬で資金調達すると言いかけたのは確実だ。

「なぜだ？」

眉間《みけん》に縦皺《じわ》を刻んだリオンは、海琴の左隣《ひだりどなり》に腰《こし》を下ろす。ふわりと石鹸《せっけん》の香《かお》りが鼻先をくすぐり、ささくれかけていた心が落ち着きを取り戻した。

リオンは、悪気があったわけではない。八つ当たりのようなものだと、声を荒《あら》らげたことを反省する。

「ごめん。リオンが悪いんじゃない。確かに、あの日はすごく助かったけど……ギャンブルに頼《たよ》りたくないいんだ。祖父《じい》ちゃんにも、易《やす》きに流れるなって教えられて育った。人間は、堕落《だらく》しようと思えば底なしに落ちていく……って。お天道様《てんとさま》に恥《は》ずかしくないように、堅実《けんじつ》に生きろっていうのが口癖《くちぐせ》だったから」

昔気質《むかしかたぎ》な祖父はとてつもなく頑固《がんこ》で、他人に頼ることが嫌《きら》いだった。病に冒《おか》されてさえ、唯一《ゆいいつ》の家族だった海琴にも弱音を吐《は》くことがなかった。

記憶《きおく》になく、写真の一枚も残されていない海琴の両親についても、折り合いがよくなかったらしくなにひとつ話してくれないまま彼岸《ひがん》へと旅立ってしまった。

「しかし……頼れるものには、頼ればいいだろう。俺は、全身でおまえを護《まも》ると言ったはずだ。素直《すなお》に甘えればいいものを」

不満そうに言いながら肩を抱《だ》き寄せられ、ムッとした海琴は大きな手を払い除けた。無言でも、表情に不満が滲《にじ》み出ているはずだ。

話の論点が、微妙《びみょう》にずれている。海琴が言いたいことが、リオンにはきちんと伝わっていない。

でも、どう説明すればわかってもらえるのか解決策が見出《みいだ》せなくて、もどかしさに唇《くちびる》を噛《か》んだ。

「どうしてそんな顔をする。おまえには、いつも幸せそうな顔をしていてほしい。そのために、俺がいるのだから……望みがあれば、求めろ」

頬《ほお》を大きな手に包まれて、唇を引き結んだまま首を左右に振った。

海琴がどう言おうと、リオンにはわかってもらえないと思う。それに、リオンが護りたい……望みを叶《かな》えたいのは、『ルイーザ』だろう。

たまたま封印《ふういん》を解いただけで、本当に『ルイーザ』なのかどうかわからない海琴が、言われるままリオンに寄りかかれるわけがない。

「眠《ねむ》いな。もう寝《ね》る」

「……ああ。では、寝床《ねどこ》に」

海琴の腕《うで》を掴《つか》んで立ち上がったリオンは、当然と言わんばかりに寝室《しんしつ》にしてあるもう一つの部屋に向かう。

部屋の隅《すみ》に重ねてあった布団《ふとん》を敷《し》き、海琴を腕に抱《だ》き込んで寝転がった。

「あのさ、窮屈《きゅうくつ》じゃないか？　リオン、はみ出しているし……やっぱり、もう一組布団を買ってきたほうがいいと思うんだけど」

この部屋を用意してくれた建設会社は、海琴が単身者だと認識《にんしき》しているので寝具《しんぐ》は一組しか準備されていなかった。

ここに住むようになって、そろそろ一週間。狭《せま》いシングルの布団に、リオンと密着して眠るのは寝心地《ねごこち》がいいとは言えない。

「必要ない。俺はどこでも寝られるし、少しでもおまえの近くにいられるほうがいいからな。危険があれば、すぐに察せられる」

そう言いながら、目元にかかる前髪を指先で払われる。微笑《びしょう》を滲ませて海琴を見ているリオンと視線が絡み、ドクンと心臓が大きく脈打った。

紺碧の瞳と至近距離《きょり》で目を合わせていると、トクトク……抑《おさ》えようもなく鼓動《こどう》が速くなっていく。

「危険なんか、ないって」

「そう言い切れるか？　あの頃《ころ》の俺は、平和な毎日に慢心《まんしん》して油断があった。そのせいで、おまえは……」

グッと眉を顰めたリオンは、言葉を切って端整《たんせい》な顔に苦悩《くのう》を滲ませる。

密猟者《みつりょう》の奇襲《きしゅう》で、『ルイーザ』は命を落としたのだと聞いている。それ以上詳《くわ》しく語ろうとしなかったので、海琴はリオンの痛みを正確に捉《とら》えることができない。

けれど、二百年という途方《とほう》もない時間が流れても『ルイーザ』を失った傷が癒《い》えていないのだということは、ひしひしと伝わってくる。

「すまない。眠りの邪魔《じゃま》をしたな」

ふっと息をついて眉間の皺を解いたリオンは、海琴の頭を胸元《むなもと》に抱き込んで大きな手で背中を撫《な》でた。

そうして、海琴を全身で庇護《ひご》しようとしているようでもあるし、表情を見られないように海琴の視界を封《ふう》じたようにも思える。

抱き込まれた状態は、熱いし落ち着かない。なかなか眠れそうにない……のに、毎晩いつの間にか眠りに落ちている。

心強く、優《やさ》しい……このぬくもりを、知っているみたいだ。

なんとなく懐《なつ》かしいような気がするのは、リオンに引きずられて変な錯覚《さっかく》が生まれているせいに違《ちが》いない。

海琴は、リオンの『ルイーザ』ではないのだから……この腕の中で眠る感覚など、馴染《なじ》みがあるわけがないのに。

「海琴。眠ったか？」

身動《みじろ》ぎひとつしない海琴が、眠りに落ちたと思ったのだろうか。そっと髪《かみ》を撫でられて、くすぐったさに肩《かた》を竦《すく》ませそうになるのを、かろうじて堪《こら》えた。

「……早く思い出せ。ルイーザ」

愛《いと》しさと苦しさを滲ませた静かな声に、ビクッと手を握《にぎ》り締《し》める。やはり、リオンが求めているのは『ルイーザ』の魂《たましい》だ。

海琴は、あんたの『ルイーザ』じゃなくて悪かったな……と心の中でつぶやいて、なかなか眠れない長い夜を過ごした。

□□□

誰《だれ》かが……泣いている。

ポタポタと涙《なみだ》が顔に落ちているのは感じるけれど、身体《からだ》が動かない。重い瞼《まぶた》を上げることもできない。

「……ザ。ルイーザ……なぜ、俺を庇《かば》ったりした。頼《たの》むから目を開けてくれ」

悲しんでいるのは、リオン？

一番、悲しませたくない存在が……自分の名前を悲痛な声で呼ぶ。

恐《おそ》れるものなどなにもないと、威風《いふう》堂々と胸を張ってサバンナに立つ獅子《しし》王が、自分のために嘆《なげ》くなど情けない……。

そう叱責《しっせき》しようにも、声にならない。

それほど悲しまないでほしい。護られるばかりではなく、いざという時は護りたいと願っていたのだ。

だから……幸せなのだと、伝えたいのに……。

「ルイーザ……許さないからな。侵入者《しんにゅう》ども、一人残らずこの牙《きば》にかけてくれる。生きてサバンナから出すものか」

低い唸《うな》り声に、かろうじて薄目《うすめ》を開く。

湧《わ》き立つ怒《いか》りが炎《ほのお》となって全身を包み、美しい鬣《たてがみ》を焼き尽くしてしまいそうだ。

ダメだ。復讐《ふくしゅう》心に囚《とら》われてはいけない。周りを鑑《かん》みず自身の感情に突《つ》き動かされるなどと、そんな愚《おろ》かな王ではないはずだ。

賢《けん》王であると、サバンナに生きる獣《けもの》のすべてが崇拝《すうはい》する王は、ちっぽけな復讐心に振《ふ》り回されるべきではない。

かすかな瞼の震《ふる》えに気づいたのか、紺碧《こんぺき》の瞳《ひとみ》がハッと見開かれる。

「ルイーザ！　俺の声が聞こえるか？　気をしっかり持て。……森の呪術師《じゅじゅつし》のところに行けば、消えかけた命の炎も力強く燃やすことができると聞いたことがある。俺が、すぐに連れて行ってやるから」

自分を見下ろすリオンの背後に、黒い影《かげ》が差す。一心にこちらを見詰《みつ》めているリオンは、背後に立つ不穏《ふおん》な存在に気づかない。

危険を、知らせたいのに……どうして、声が出ないのだろう。

リオン……。

「リオン、危な……いっ」

喉《のど》から声を絞《しぼ》り出したのと同時に、ビクッと身体を震わせて目を開けた。

海琴の目に映るのは、白い天井《てんじょう》と半球型のシーリングライトだ。カーテンの隙間《すきま》から、細く朝の光が差し込んできている。

「な……に？」

心臓が激しく脈打っていた。血管の細い指先がジンジンと痺《しび》れるほど、猛《もう》スピードで血液が全身を巡《めぐ》っている。

パジャマの胸元が湿《しめ》っていて、うなじにも冷たい寝汗《ねあせ》が滲んでいた。

「なんか、夢……見てた？」

覚醒《かくせい》の直前に見ていた夢は、ハッキリと憶《おぼ》えていない。痛みと苦しいほどの悲しみと、切なさだけが胸の奥に滞《とどこお》っている。

海琴は布団に上半身を起こした状態で深呼吸を繰《く》り返し、なんとか平静を取り戻《もど》した。

「リオン……？」

いつもなら、目覚めた時には身体に絡《から》みついている長い腕がない。そんな違和感《いわかん》に首を捻《ひね》り、どこに行ったのだろう……と周りを見回す。

大きな家具のない部屋に隠《かく》れる場所などなく、やはり布団《ふとん》にいるのは自分だけで……。

「あ、れっ？　リオン？　まさか……」

布団からはみ出しているモノに目を留めた海琴は、慌《あわ》てて手を伸《の》ばした。

先端《せんたん》が筆のような形の、細くて長い……尻尾《しっぽ》だ。コレには見覚えがある。

「ライオンの、ぬいぐるみ……に、戻っちゃったのか？」

元は本物のライオンらしいので、正確には、封印《ふういん》されていた依《よ》り代《しろ》に……だろうか。

眠《ねむ》っているあいだになにが起きたのだと焦《あせ》り、両手で白いライオンのぬいぐるみを摑んで紺碧の瞳と視線を絡ませた。

「……リオンだよな？」

恐る恐る呼びかけても、ぬいぐるみからの返事はない。

もっと近くでぬいぐるみを観察しようと、顔を寄せたところで、視界が真っ黒に染まった。

「うわっ、ぐ……え」

ズシリと全身が圧迫《あっぱく》される。胸元《むなもと》から腹にかけて、巨大《きょだい》な岩を載《の》せられているみたいで息ができない。

この感覚は、二度目だ。原因も、たぶん前回と同じで……。

「大丈夫《だいじょうぶ》か、海琴」

「リオン、重いっ！」

覆《おお》い被《かぶ》さっているリオンに、体格差を考えろと苦情をぶつける。切羽詰まった危機感が伝わったのか、リオンは早々に身体を起こしてくれて安堵《あんど》の息をついた。

重かった。潰《つぶ》されるかと思った。

「リオン、今、ぬいぐるみ……だったよな？　自分でわかってる？」

布団の上に座ったリオンを見上げて、目の錯覚などではないはずだと忙《せわ》しない瞬《まばた》きをする。

白銀の髪、紺碧の瞳、長い手足で……均整の取れた、見事な肢体《したい》。不自然なところは、どこにもない……と目を逸《そ》らしかけたけれど、違和感に動きを止めた。

「リオン」

「うん？」

「……耳、と……尻尾」

頭の上には、髪と同じ白銀の毛に覆われた丸い耳が存在を主張していた。リオンの背後、身体の脇《わき》からチラチラと見え隠れするのは、ぬいぐるみのライオンが有していたのとほぼ同じ形の、長い……尻尾？

人の姿をしたリオンに、ぬいぐるみのライオンのパーツが中途半端《ちゅうとはんぱ》に付いているとしか思えない。

どうしよう。可愛《かわい》い……かもしれない。

「なんだよ、それ」

唖然《あぜん》として小さくつぶやいた海琴に、リオンは淡々《たんたん》とした声で答える。

「なんだと言われても、俺にもわからん。そうだな……解呪が完全ではないせいで、依り代に引っ張られているとしか思えん」

弱った顔で頭の上の耳に触《ふ》れ、尻尾を摑《つか》んで顔の前に持ってきてマジマジと眺《なが》めるリオンは……なんともファンシーな姿だった。

笑ってはいけないと頭では思うのに、頰《ほお》が緩《ゆる》むのを止められない。

「海琴。珍妙《ちんみょう》な顔になっているんだが」

どうにか真顔を取り繕《つくろ》うべく視線を泳がせる海琴は、見るからに頰を引き攣《つ》らせているのだろう。

チラリとリオンに見下ろされて、自分の頰を軽く叩《たた》いた。

「ご、ごめん。でも、なんか……可愛すぎるってソレ。海外ブランドのモデルみたいな迫力《はくりょく》のあるイケメンに、ライオンの耳と尻尾……っっ」

違和感というよりも、そうだ。コスプレじみた雰囲気《ふんいき》なのだ。そのせいで、不安や心配を突き抜《ぬ》けて笑いが込み上げてしまう。

「まったく似合わないわけじゃないあたり、ますますなんか……堪《たま》んないっていうか」

顔を背《そむ》けて視界に入れないようにしても、目に焼きついている。

こんなふうに笑っては、リオンの機嫌《きげん》を損《そこ》ねてしまう。

リオンもこの事態に困惑《こんわく》しているはずで、茶化す態度は申し訳ない。笑うな……と自分に言い聞かせても、なかなか笑いの衝動《しょうどう》が去ってくれない。

手を握《にぎ》ったり開いたりしながら笑いを堪《こら》えていると、リオンの手が海琴の髪《かみ》をクシャクシャと撫《な》で回した。

「耳や尻尾は妙《みょう》な感じだが、海琴が愛らしく笑うならいいか」

「い、いいのかよ」

あまりにも懐《ふところ》の大きな言葉に、幸いと言うべきかピタリと笑いが収まった。目を合わせたリオンは、真顔で海琴を見ている。

「おまえが喜ぶのなら、これくらい大きな問題ではない」

「いや、結構大きいと思うけど……そんな理由で受け入れるのか？」

頭の上にある耳と、ふわりと揺《ゆ》れる尻尾を指差して尋《たず》ねた海琴に、リオンは「まぁ、いいだろう」と鷹揚《おうよう》にうなずく。

肝《きも》が据《す》わっているのか、大雑把《おおざっぱ》な性格なのか……両方か。海琴がリオンの立場なら、パニックに陥《おちい》っているに違《ちが》いない。

それも、海琴が喜ぶならいい？

自分が判断基準なのかと思い浮《う》かんだ途端《とたん》、じわりと頰が熱くなった。

リオンの想《おも》いは一途《いちず》過ぎて、海琴は本来それを受け取るはずの『ルイーザ』ではないのに、胸の奥が甘く疼《うず》く。

こんなふうに真っ直《す》ぐな想いを注がれ続けたら、変な勘違《かんちが》いをしてしまいそうだ。

考えるな、と頭を振《ふ》って湧《わ》きかけた甘ったるいものを追い出して、白銀の毛に覆われた丸い耳を見上げた。

「それ、消えないのか？　出たままだと、不便だろ。メチャクチャ目立つから、人前に出られない」

「消えるかどうか……俺の意思では、どうにもできん感じだな。呪術師《じゅじゅつし》に逢《あ》えれば、対処法もわかりそうだが」

思案の表情を浮かべたリオンに、海琴は首を傾《かし》げて聞き返す。

「……呪術師、って？　魔法《まほう》使いみたいなもの？」

「そのようなものだ。齢《よわい》千歳とも言われているが、正体は誰《だれ》も知らない。俺が逢った時は、森の奥に棲《す》む白い梟《ふくろう》だった。長く生き過ぎたせいで、常に退屈《たいくつ》していて……面白《おもしろ》そうだと思えば、気まぐれに動物たちの望みを叶《かな》えてくれる。俺が、転生したルイーザと巡《めぐ》り逢えるかどうか、興味を持っているはずだから……俺たちを観察できる、近くにいそうなものだが」

そう口にするリオンは大真面目《おおまじめ》な顔と声で、冗談《じょうだん》を言っている雰囲気ではない。千年以上生きる、呪術師。不老不死というやつか？　退屈しのぎに気まぐれに願いを叶え、観察している。

よく考えれば、怖《こわ》いのでは……と思った瞬間《しゅんかん》、ゾワッと鳥肌《とりはだ》が立った。

これまで感じたことのない、未知の慄《おのの》きだ。

「そうだな。こちらから探しに行くか」

ポツリとつぶやいたリオンと、視線が絡む。

ものすごく怖い。けれど、正体が掴めない……得体の知れない存在であるほうが、もっと怖い。

「お、おれも……一緒《いっしょ》に行く。呪術師とやらに、逢う」

リオンと目を合わせたまま、自然とそんな言葉を口にしていた。

数回瞬きをしたリオンは、ふわりと笑《え》みを浮かべて海琴の身体《からだ》を抱《だ》き寄せる。

「怖がっているくせに、強がりで……勇敢《ゆうかん》だ。そんなところは変わらないのだな」

変わらない。その一言は、海琴の中に『ルイーザ』の魂《たましい》を見ているのだと、改めて突《つ》きつけてくる。

海琴は反射的に肩《かた》を強張《こわば》らせたけれど、離《はな》せとリオンを突っぱねられなくて……抱《だ》き込まれた腕《うで》の中で、奥歯を噛《か》み締《し》めた。

苦しい。胸の奥が、ズキズキと痛い。

なのに……宝物のように愛《いと》しそうに抱き寄せてくる腕から逃《に》げられないなんて、どうかしている。

自分の心情が摑めなくて、困惑を抱《かか》えたまま触れたところから伝わるリオンのぬくもりに目を閉じた。

《六》

同性として、この体格の差は悔《くや》しいけれど、リオンは海琴より二十センチほど上背がある。当然股下《またした》の長さも違うので、歩くスピードが同じわけがない。

ただ、今は足の運びを海琴に合わせているのか、ゆったりとした大股《おおまた》で隣《となり》を歩いている。真っ直ぐ背を伸《の》ばして歩くリオンは、長身も相俟《あいま》って人混《ひとご》みでも目立つらしく、すれ違う人のほとんどがさり気なく目を向けてくる。

八十を超《こ》えているだろう老婦人まで立ち止まって頰を染め、リオンを見ていることに気づいた海琴は、そろりと隣を見上げた。

耳を隠《かく》すために着用した帽子《ぼうし》の下から、白銀の髪の毛先が数センチ覗《のぞ》いている。

尻尾《しっぽ》は……コンパクトに丸めれば、やわらかな素材のゆったりとしたズボンと裾《すそ》を出したシャツでうまく隠せるので、幸いだった。

こうして見る限り、違和感《いわかん》はまるでない。まさか、この美形の男にライオンの耳や尻尾が生えているなどと、疑いもしないはずだ。

「リオン、耳とか……窮屈《きゅうくつ》じゃない？」

コッソリ尋ねた海琴をチラリと見下ろしたリオンは、帽子に軽く指先を触れさせて微笑《びしょう》を浮かべた。

「いや、そこそこ快適だ。聞こえもさほど悪くはない」

もともと聴覚《ちょうかく》が優《すぐ》れていることもあり、帽子を被《かぶ》ったくらいでは支障がないらしい。

本人が窮屈でないのなら、こうして隠す策を提案した身としてはホッとする。

「闇雲《やみくも》にうろついていても、呪術師と逢えるかどうかはわからんが……」

ふとリオンが小さく口にした言葉に、海琴は「え？」と足を止めた。

アパートを出て、電車に乗って都心へ……駅を出てからも迷いのない足取りで歩いているので、心当たりがあるのかと思っていた。

だが、どうやら呪術師の居所を知っているわけではないらしい。

海琴が不安を滲《にじ》ませたせいか、リオンはほんのわずかに苦笑《くしょう》して言葉を続ける。

「予想では、そう離れていないところで俺を観察しているはずだ。常に、面白いことはないか探し求めている呪術師にとって、転生したルイーザと俺が巡り逢う事態など絶好の退屈しのぎだろうからな」

大通りに面した歩道なので、人通りが途切《とぎ》れることがない。通行の妨《さまた》げにならないよう、歩道の端《はし》に寄ってリオンに向き直った。

「白い梟……だったっけ。都会にそんなものがいれば絶対に人目につくから、すぐ見つかると思うんだけど」

リオンから聞いた呪術師の特徴《とくちょう》は、ものすごく目立つものだ。大きな公園とかに行けば、目《もく》撃《げき》情報が得られるのでは。

そう楽観的に語った海琴に、リオンは表情を変えることなく首を横に振る。

「いや、白い梟だったのは森の奥に棲んでいた時の話だ。呪術師は、どんなものにでも自由自在に姿を変えられる。二百年のあいだ、からかうように何度か俺の前に現れたが……黒い犬だったこともあるし、蝙蝠《こうもり》だったこともあり……蝶《ちょう》に変身していたこともあったからな。話しかけられたわけではないから確信はないが、やたらと纏《まと》わりついてきた蛇《へび》や蜂《はち》も、呪術師だったかもしれない。今は、どんな姿をしていることやら」

「……魔物《まもの》って感じだ」

リオンが口にした動物や昆虫《こんちゅう》を順に思い浮かべた海琴は、表情を曇《くも》らせて小さくつぶやいた。

呪術師という言葉も、なんとなくおどろおどろしい響《ひび》きだが、様々な生物に変身するというのが事実ならもっと禍々《まがまが》しいものではないだろうか。

だからこそ、そんな得体の知れないものを頼《たよ》った二百年前のリオンが、どれほど必死だったのか……容易に想像がつく。

「魔物か。まぁ……俺も、密猟者《みつりょう》にそう言われたが。憎悪《ぞうお》に我を忘れた瞬間、ほんの数秒だと思うが人型に変化した姿を見られたからな。人型を取るか獣《けもの》型を取るか、普段《ふだん》は完璧《かんぺき》にコントロールをしていたのに……怒《いか》りに我を忘れて、理性で制御《せいぎょ》できなかった」

リオンは皮肉の滲む表情でそう言って、クッと肩を震《ふる》わせた。

密猟者を語るリオンは、いつもとは全然違《ちが》う空気を漂《ただよ》わせている。

紺碧《こんぺき》の瞳《ひとみ》は、凍《い》てついた湖のように冴《さ》え冴《ざ》えとした冷たい色を浮かべ、どこか遠くを見ているようだ。

二百年という時間が流れても、少しも憎《にく》しみが薄《うす》れていないのだと……言葉にされなくても、伝わってくる。

まるで、全身に青い焔《ほのお》を纏っているみたいだった。

白銀の体毛に覆《おお》われた美しく猛々《たけだけ》しいライオンが、立ち尽《つ》くすリオンの姿に重なって見え、頭でなにかを考えるより早く手を伸ばした。

リオンの意識が、どこか遠くに行ってしまう。手が届かない場所まで離れてしまう前に、引き戻《もど》さなければならない。

そんな焦燥感《しょうそう》が、海琴を突き動かす。

「リオン……」

名前を呼びかけながら遠慮《えんりょ》がちにシャツの袖口《そでぐち》を軽く引くと、ふっと瞳から冷気を消して海琴を見下ろしてきた。

まるで白昼夢から醒《さ》めたかのように、不思議そうに海琴を紺碧の目に映す。

燃え立つような圧倒《あっとう》的なオーラはなりを潜《ひそ》め、鷹揚《おうよう》とした空気を纏ういつものリオンだ。

「どうした、海琴？　腹でも減ったか」

海琴、という呼びかけにホッとして、頬《ほお》の強張《こわば》りを解いた。同時に肩《かた》の力も抜《ぬ》け、自分が無意識に緊張《きんちょう》していたことを知る。

「う……ん。ちょっとだけ疲《つか》れたかも。コーヒーショップにでも入って、一休みしようか。あ、でもリオンはコーヒーを飲めなかったっけ？　たぶん、ミルクとか野菜ジュースもあるはずだから」

「ああ……そうだな。一度も休まず、歩き通しだったか。疲れていることに気づいてやれなくて、すまなかった」

海琴を気遣《きづか》うリオンに、そっと首を横に振《ふ》る。

それは、本当に海琴に対する言動だろうか。リオンの目には、人間の海琴がきちんと映っているのだろうか。

疑念を口に出して尋《たず》ねることはできなくて、

「あそこでいいよね」

少し先にある見慣れたコーヒーショップの看板を指差すと、リオンの返事を待つことなく小走りで目指した。

今の自分は、絶対に変な顔をしている。

リオンにどうしたのだと聞かれても、答えられないから……顔を見られないよう逃げたのだと、気づかれていなければいい。

海琴はアイスカフェオレ、リオンはホットミルクで喉《のど》を潤《うるお》して、コーヒーショップを出た。飲み物と合わせて大きなスコーンを食べたからか、疲労《ひろう》が和《やわ》らいでいる。

腹が減っていたせいもあって、マイナス思考に陥《おちい》りかけていたのかもしれない。

考えても仕方のないことを、なにもせずグダグダ悩《なや》むのは嫌《きら》いだ。まずは、行動に出るべきだと速足で歩道を歩く。

「その呪術師《じゅじゅつし》が行きそうなところっていうか、いそうな場所は？　暇人《ひまじん》なんだっけ？　って、よく考えれば『人』じゃないのか」

そう話しかけながら数歩離《はな》れてついてくるリオンを振り返ると、苦笑を滲ませて海琴を見ていた。

まるで、小さな子供を見守る保護者のような眼差《まなざ》しだ。

「前を見て歩け。転ぶぞ」

「転ばな……！」

言い返そうとした言葉を、中途半端《ちゅうとはんぱ》に途切れさせた。歩道の端、車道との境の段差に躓《つまず》いたせいで……。

「っっ！」

息を呑《の》み、声もなく空中に手を泳がせると、大きな手が力強く海琴の右手首を摑《つか》んでくる。ふらついた身体《からだ》を引き寄せられて、無様に転びかけた危機から救ってくれた。

「ビックリした。……ありがと」

心臓がドキドキしている。危《あや》うく、思い切り背後に倒《たお》れ込むところだった。

礼を口にしながらリオンを見上げると、ふっと安堵《あんど》の息をついて表情を緩《ゆる》ませる。鋭《するど》い眼差しで海琴を見据《みす》え、握《にぎ》ったままの手首を強く握り直した。

「だから、言っただろう。危なっかしいな」

「うん……ごめん」

嘆息《たんそく》混じりに咎《とが》められても、反論不可能だ。しゅんと肩を落とした海琴を、リオンはやんわりと両腕《りょううで》の中に抱《だ》き寄せる。

「頼《たの》むから、俺の前で怪我《けが》などしないでくれ。傷ついて、血を流すおまえは……二度と見たくない」

シャツの背中に押し当てられた大きな手は、小刻みに震えていた。

リオンの前で怪我をしたことなどないだろう、と言い返そうとしたけれど、違う……と口を噤《つぐ》む。

今のリオンが言う『おまえ』は、『海琴』ではない。遠い過去……リオンの伴侶《はんりょ》として寄り添《そ》っていた、『ルイーザ』だ。

「だ、大丈夫《だいじょうぶ》だって。もう離せよ。こんなところで男二人がベッタリしていたら、何事かと思われる。真昼間だと、酔《よ》っ払《ぱら》いだって言い訳もできない」

海琴は、いい加減に離せと身動《みじろ》ぎをして、腕の力を抜いたリオンの肩を押し返した。

本当は人にどう見られるかなど、どうでもよかった。ただ、抱《だ》かれていたくないだけだ。今のリオンは……海琴など、見ていない。

リオンから身を離した海琴は、歩くスピードを上げる。目的地などない。リオンから少しでも距離《きょり》を置きたい一心で、足を踏《ふ》み出す。

「海琴。だから急ぐなと……」

苦もなさそうに追いかけてきたリオンが、肩を並べたのがわかっても、隣《となり》を見上げることはできなかった。

足元に視線を落として、一心不乱に歩き続けていたけれど……。

「待て、海琴。止まれ」

そんな一言と共に二の腕を摑まれて、ハッと足を止めた。長い指が強く食い込んでいて、振り解《ほど》けない。

短く「止まれ」と言ったきり、リオンは無言だ。

「リオン、痛いんだけど」

眉《まゆ》を顰《ひそ》めて文句をぶつけても、リオンの指の力は緩むことがない。言葉もなく動きを止めていて……恐《おそ》る恐る顔を上げた。

「リオン？」

海琴の目に映ったのは、わずかに強張ったリオンの横顔だった。海琴の腕を摑んだまま、硬《かた》い表情でどこを見ているのだろう？

不審《ふしん》に思ってリオンの視線を追うと、ビルの角を薄暗《うすぐら》い路地のほうへと曲がったところにある、ひっそりとした佇《たたず》まいの店らしきものを注視しているのがわかる。

なんだろう。看板や暖簾《のれん》も出ていないので、ここからではなんの店かわからない。

観音開きの扉《とびら》が片方開いているので、ほんの少し店内が窺《うかが》えるけれど、薄暗くてハッキリとは視認《しにん》できなかった。

最近よくある、セレクトショップと呼ぶには華《はな》やかさがないし、あまりにも自己主張がなさ過ぎて店という第一印象も疑わしくなってくる。

でも、どう見ても民家ではないし……オフィスでもなさそうなので、やはりなんらかの店に違いない。

隠《かく》れたお宝を発掘《はっくつ》しようというテレビ番組で見たことのある、骨董《こっとう》品店とか昔ながらの雑貨屋という表現が、一番近いかもしれない。

胡散臭《うさんくさ》い、と言ってしまえば身も蓋《ふた》もないけれど……あそこのなにが、リオンの気を引いている？

「リオンってば。どうしたんだよ？」

腕を放せと訴《うった》えることも忘れ、なにがあるのだとリオンに尋ねた。

リオンは、海琴の声が聞こえていないかのように唇《くちびる》を引き結んだまま一点を凝視《ぎょうし》し続けていて、奇妙《きみょう》な不安が込み上げてくる。

「リオン！」

今度は、少し強い調子で名前を呼びかけると、ようやく海琴の声が耳に届いたらしい。

ビクンと肩を震《ふる》わせて、ぎこちなくこちらを見下ろしてくる。

「海琴……」

「なに惚《ほう》けてるんだよ。腕、痛いんだけど」

「あ……あ、すまない」

摑まれている腕の痛みを訴えると、小さくうなずいて指の力を抜いた。海琴は、ようやく解放された腕をそっと擦《こす》りながら、改めて尋ねる。

「ジッと見て……あの店に、なにかあるのか？」

「なにか、というか……」

リオンが言い切らないうちに、半分開いていた戸口に人影《ひとかげ》が見えた。路上に出てきた人の姿に、リオンが息を呑んだのがわかった。

ここからの距離は十メートルほどなので、海琴にも見える。

店から出てきたのは、細身の青年のようだ。大勢の人が行き交《か》っているのに、何故《なぜ》か戸口に立ってリオンと海琴をジッと見ている……？

「……やはり、そうだ」

「なにが？　なんか、不気味なんだけど」

こうして遠目から見る限り、普通《ふつう》の人だ。シンプルな白いシャツとダークグリーンの細身のストレートパンツを身に着けていて、髪《かみ》の色は真っ黒。

奇抜《きばつ》な恰好《かっこう》でもなければ、特に目を惹《ひ》く派手さもない。大勢の人の中に入れば、埋没《まいぼつ》してしまいそうなほど没個性《ぼっこせい》な雰囲気《ふんいき》だ。

なのに……なんとも形容し難《がた》い、胸騒《むなさわ》ぎのようなものが身体の奥から湧《わ》き上がる。

なにかが、普通の人とは違《ちが》う……と頭の中に浮《う》かんだ直後、リオンがつぶやいた。

「不気味か。おまえは昔から、たまに驚《おどろ》くほど勘《かん》が鋭い。あれが……呪術師だ」

「……えっ？」

絶句した海琴は、目を見開いて青年を眺《なが》める。

動物や虫に変身するとは聞いたが、改めて見てもただの人間だ。それも、変身しての仮の姿なら……完璧《かんぺき》に人の型を取っているだけに、恐ろしい。

立ち尽《つ》くすリオンと海琴を見ていた青年が、ふと背を向けて扉の内側に入っていく。

まるで、後を追ってこいと……唆《そそのか》されたみたいだ。

リオンも同じことを感じたのか、無言で海琴の手を握り締《し》めてきた。いつもならヤメロと振《ふ》り解くリオンの手を、無意識にギュッと握り返す。

緊張《きんちょう》のせいか、指先が冷たくなっているのが自分でもわかる。いつになく、リオンの手の温かさを感じて……心強い。

海琴に声をかけることもなく、覚悟《かくご》を決めたかのようにゆっくりと歩き出したリオンに手を引かれて、海琴もぎこちなく脚《あし》を踏み出した。

触《ふ》れた手から伝わってくるぬくもりと目の前の広い背中が、「護《まも》ってやる」と語っているみたいだったから、逃《に》げ腰《ごし》になることなく歩を進めた。

「お邪魔《じゃま》、します」

無言のリオンに続いて、小さな声で口にしながら薄暗い建物の中に入る。

骨董品店とか雑貨屋という、外観から受けた印象は誤りではなかったらしく、壁際《かべぎわ》の棚《たな》には古びた陶磁器《とうじき》や巻物らしい書物が陳列《ちんれつ》されていた。

ジャンルは定まっていないのか、白い壁《かべ》には立派な額に入った絵画がいくつもかけられている。

棚の陰《かげ》になっていて、店の奥がどうなっているのかこの位置からではわからない。

リオンの後ろについて歩を進め、棚を回り込む。

ガラスケースに納められた、値札のついていない指輪やネックレスといった宝飾品《ほうしょくひん》が、とてつもなく胡散臭い。

「客人。何用かな」

リオンの背に隠れるようにしてさり気なく店内を観察していると、静かな声が耳に飛び込んできて心臓がすくみ上がった。

声が聞こえたほうに目を向けると、戸口からは見えなかった位置に一本足のスツールが置かれていて、青年がそこに腰《こし》かけている。

リオンは、迷いない口調で彼に話しかけた。

「呪術師《じゅじゅつし》。いつから人に変身して、ここにいた？」

「……なんのことかな？」

静かな声で答えた青年は、険しい表情のリオンに怯《ひる》む様子もなくクスクス笑う。

照明が乏《とぼ》しいので、海琴の位置からはハッキリと顔が見えないけれど……楽しそうな空気を漂《ただよ》わせている。

「下手に誤魔化《ごまか》さなくてもいい。茶番につき合う気はないからな」

「ふふっ……遊び心を解《げ》さない、頭の固さは相変わらずか。久方振《ひさかたぶ》りだ、獅子王《しし》。私が封印《ふういん》を施《ほどこ》して、二百年余り……ようやく妃《きさき》と巡《めぐ》り逢《あ》ったか。執念《しゅうねん》だな」

チラリと視線が流れてきて、海琴はビクッと肩《かた》を強張《こわば》らせる。

咄嗟《とっさ》にリオンの背に隠れようとしたけれど、スツールから腰を上げた青年が足音もなく近づいてきて、海琴の目前に立った。

背丈《せたけ》は、海琴より少し高いくらい。年齢《ねんれい》はリオンとほぼ同じ……二十代半ばに見える。一見した顔立ちはアジア系だと思うが、多種多様で複雑な混血だと言われても納得《なっとく》できる、人種の分類が困難な雰囲気だ。

リオンとは系統が異なるが、類稀《たぐいまれ》な美形ということだけは間違いない。作り物じみた容貌《ようぼう》は、恐《おそ》ろしいまでの迫力《はくりょく》を放っている。

ヒョイと顔を覗《のぞ》き込まれて、身体《からだ》の脇《わき》でグッと手を握《にぎ》り締めた。

漆黒《しっこく》の瞳《ひとみ》と視線が絡《から》み、逸《そ》らすことができなくなる。

逃げ道を断《た》たれた上で、心の深淵《しんえん》に入り込まれているみたいだ。グラグラと足元が揺《ゆ》らいでいるかのような、奇妙な眩暈《めまい》を感じた。

全身の産毛《うぶげ》が逆立っているのを感じる。背筋を引っ切り無しに悪寒《おかん》が這《は》い上がり、握り締めた拳《こぶし》が抑《おさ》えようもなく震えた。

「なかなかの肝《きも》の据《す》わり具合。さすが、獅子王の妃だけはある」

微笑《びしょう》を深くした青年は、海琴から目を逸らしてリオンを見上げた。

透明《とうめい》の糸がピンと張り詰《つ》めたような緊張から、ようやく解き放たれて膝《ひざ》の力が抜ける。

無意識にリオンの背に手を伸《の》ばした海琴は、そのシャツの後ろ身頃《みごろ》をギュッと握って詰めていた息を吐《は》いた。

「二百年前の姿とは、似ても似つかないな」

軽い調子で、からかうようにそう話しかける。リオンがどう答えるのかわからなくて、海琴は足元に視線を落とした。

そうか。この人……呪術師は、かつてリオンの伴侶《はんりょ》だった『ルイーザ』の姿を知っているのだ。

彼女に向けられたリオンの愛情がどれほど深いものだったのかも、目の当《ま》たりにしたに違いない。

似ても似つかない姿。

改めて言われなくても、わかっている。それは、海琴自身が何度もリオンに投げかけた言葉なのだ。

ライオンじゃない、雌《めす》でもない、だから『ルイーザ』や『妃』、『妻』などと呼ぶなと、拒絶《きょぜつ》し続けてきた。

リオンはそのたびに、

「外見……器《うつわ》は大した意味がない。重要なのは、魂《たましい》が同じであるということだけだ」

迷いなくきっぱり口にして、いつしかそう返答されることが海琴の中で当然のようになっていた。

無意識のうちにリオンの答えがわかっていて反発していたのだと、こんな場面で己《おのれ》の矮小《わいしょう》さを突《つ》きつけられる。

「獅子王よ。愛する妃が、このような姿でも構わぬのか？」

笑《え》みを含《ふく》んだ、意地の悪い口調だ。

過去を知る呪術師に言われても、海琴に答えたものと同じ言葉を返すのだろうか？

海琴は身を強張らせて奥歯を強く嚙《か》み締め、耳に神経を集中させた。

「似ても似つかない、か。それは確かに」

淡々《たんたん》と口にしたリオンの声に、シャツを握っている指に力が籠《こも》る。

続く台詞《せりふ》はどんなものなのか……予想もつかない。心臓がドクドクと鼓動《こどう》を速めて、耳の奥でうるさいくらいに動悸《どうき》を響《ひび》かせていた。

「だが、魂は同一だ。愛することに、他《ほか》の理由などいらないだろう」

迷いの欠片《かけら》もなく、「過去も現在も、愛している」と言い放ったリオンに、じわじわと首から上が熱くなってくる。

動悸が激しくて、苦しい。

どう言葉で表せばいいのかわからない、甘ったるいものが胸の奥いっぱいに満ちて……そんな自分に動揺《どうよう》する。

落ち着きなく視線をさ迷わせていると、呪術師の静かな声が海琴の高揚《こうよう》を冷ました。

「だが、獅子王……自分の封印が完全に解けていないことは、わかっているな？　異形の名残《なごり》があるだろう」

リオンが隠《かく》しているライオンの耳や尻尾《しっぽ》の存在を、見透《みす》かしている台詞だ。ギクリとした海琴は、呪術師がなにを言うのか……息を詰めて続きを待つ。

「理由と、対処法を教えてやろうか。その妃に責任がある」

責任があると言い切られて、ドクドクと動悸が激しくなった。問題の在《あ》り処《か》は、リオン自身ではなく海琴か？

「己の魂が獅子王の妃のものだと、認めず……拒絶している。そのせいで記《き》憶《おく》が戻《もど》らず、王の封印も解け切らないのだ」

「だ、だって、本当に知らない……憶《おぼ》えてないんだ！」

思わず反論した海琴に、呪術師は無言で唇《くちびる》の端《はし》を吊《つ》り上げる。目を細め、ジッと海琴を見据《みす》えて……、

「真か？　欠片ほどは、思い出しているのでは？」

と、静かに問うてくる。

海琴はグッと息を呑《の》み、視線を逃《のが》した。

リオンには言ったことがないけれど、公園でぬいぐるみに封《ふう》じられていたリオンと出逢《であ》って以来、繰《く》り返し見ている夢がある。

舞台《ぶたい》はいつも、広大な美しいサバンナだ。

多様な動物たちの中でも一際目《ひときわ》を惹《ひ》く、白銀の鬣《たてがみ》を風になびかせた威風《いふう》堂々とした百獣《ひゃくじゅう》の王が、愛《いと》しそうに『ルイーザ』と呼びかけてくる。

その正体は、薄《う》っすらと感付いていて……でも海琴は、ただの夢だと目を背《そむ》け続けている。

どう返せばいいのか迷って唇を噛む海琴に、呪術師はますます楽しそうな笑みを浮《う》かべた。

「私が言えるのは、ここまでだ。鍵《かぎ》を握るのは、王ではなく妃であることを忘れるな。なにか困ったことがあれば、いつでも訪ねてくるがいい。刺激《しげき》の多い、なかなか面白《おもしろ》い街だ。しばらく、ここに留《とど》まるとしよう」

くくく……と人の悪い笑いを漏《も》らすと、店の奥にあるスツールに戻っていく。背の高いスツールに腰かける姿は、まるで鳥が止まり木で羽を休めているようで……リオンの語った『白い梟《ふくろう》』を否応《いやおう》もなく思い浮かべる。

「海琴。帰ろう。顔色がよくない」

「う……ん」

呪術師に見られると、息苦しいような居心地《いごこち》の悪さを感じる。ここから一刻も早く逃れたかった海琴は、リオンの言葉に小さく数回うなずいて回れ右をした。

背中を呪術師《じゅじゅつし》の視線が追ってきていると感じていたから、足を止めることも振《ふ》り向くこともできない。

開いたままだった扉《とびら》から外に出ると、眩《まぶ》しい太陽の光が頭上から降り注いでいて、薄暗《うすぐら》い店内とのコントラストに目が眩《くら》む。

足元をふらつかせると、リオンの手に肩を抱《だ》き寄せられた。

「大丈夫《だいじょうぶ》か。呪術師の毒気に中《あ》てられたのかもしれないな。歩くのが辛《つら》いなら、抱《だ》いて行ってやろうか」

「じ、冗談《じょうだん》。ちょっと、眩暈がしただけだ。自分で歩ける」

リオンなら、本当に海琴を抱き上げて街中を歩きかねない。

海琴は慌《あわ》てて肩を抱いているリオンの手から逃れると、大丈夫だと示すために大股《おおまた》で歩き始める。

「無理をするな、海琴」

リオンの声が背中に投げかけられたけれど、意固地になって歩道を歩き続けた。

リオンは……自身の解呪について、なにも言わない。

封印《ふういん》がきちんと解けていないのは、海琴のせいだという呪術師の言葉をすぐ傍《そば》で聞いていたはずなのに。

底なしに深く、果てがないほど広い愛は、海琴ではなく『ルイーザ』に向けられたもので、一刻も早く愛し合っていた過去を思い出してほしいと望んでいるのは確実だ。

それなのに、焦燥《しょうそう》を隠そうとしなかった最初の頃《ころ》が嘘《うそ》のように、今では急《せ》かされない。

責められないのが苦しくて、八つ当たりじみた感情だとわかっていながら心の中で「リオンのバカ」とつぶやいた。

どこまで海琴を……いや、『ルイーザ』を甘やかすつもりだろう。

優《やさ》しさも、触《ふ》れてくる手のぬくもりも、『ルイーザ』のためだと思えば……息ができなくなりそうなほど、胸が苦しくなる。

その理由は……『海琴』は、知らなくていいものだ。気づいて、認めてしまえばさらに苦しくなるとわかっている。

自分がどうするべきか、どうすればいいのか……どうしたいのか。

迷い、自問しても答えは出ない。

「海琴。そんなに急がなくてもいいだろう」

「っ！」

追いついてきたリオンの手が肩《かた》に置かれ、咄嗟《とっさ》に振り払《はら》ってしまった。激しい拒絶を示したようなものだ。

そんなつもりはなかったのに、過剰《かじょう》な反応だと自分でも思う。リオンは驚《おどろ》いた顔で宙に手を浮かせて、海琴を見下ろしていた。

「あ……晩御飯《ばんごはん》、どうしよう……って、ぼんやりしてて。急に肩に手を置かれたから、ビックリ……した」

「そう、か。驚かせて、すまなかった。夕食は、途中《とちゅう》で調達して帰ろう。早く戻って、休んだほうがいい。やはり顔色が優《すぐ》れない」

しどろもどろに言い訳をしても、どこか白々しい空気が漂《ただよ》っている。海琴と同じくらい、リオンの言葉もぎこちない。

駅前にあるデリカテッセンで買い物をしてアパートに辿《たど》り着くまで、ほとんど会話もなく……気まずい空気を引きずったまま、味気のない夕食を終えた。

解呪の鍵は、海琴が握《にぎ》っている……とか。

本当に過去を憶えていない……思い出していないのかと、念を押されたこと。

それらについてリオンがなにも言わないから、海琴も呪術師の話題を持ち出すことができなかった。

《七》

「あ、リオン……帰ってる」

アパートの玄関《げんかん》先にある大きな靴《くつ》に、今日はリオンが先に帰宅したのかと息を吐《は》いた。

海琴は駅前のパン屋でアルバイトを始めたのだが、やたらと心配性《しょう》なリオンが近くで見張ろうとするのではないかと懸念《けねん》していた。

どんなふうに説得して追い払おうかと悩《なや》んでいたのに、海琴がアルバイトをすると聞いたリオンは、拍子抜《ひょうしぬ》けするほどあっさり「そうか。ただ、無理はするな」とだけ答えた。

海琴が留守のあいだは、どうする気かと思えば……ふらりと出て行って、夕方近くまで戻らない。

初日に、心配した海琴がどこに行っていたのだと尋《たず》ねても、「海琴は知らなくてもいい」なども、はぐらかされてしまった。

以来、なにをしているのか隠《かく》そうとしているリオンの態度に意地になって聞き出すことをやめ……昼間は別々に過ごしている。

それももう、今日で五日目だ。

リビングに顔を覗《のぞ》かせると、リオンがこちらを振り向いて「戻ったか、海琴」と笑いかけてきた。

その頭には、ライオンの耳が……背には、尻尾《しっぽ》が揺《ゆ》れている。固定化されてしまったように、あの日から消えない。

ふらふら左右に揺れている長い尻尾を見ていると、リオンが小さなテーブルの上にあるビニール袋《ぶくろ》を指差した。

「今日は、俺が夕食を調達してきた。肉屋のコロッケと、から揚《あ》げ。海琴、好きだと言っていただろう？」

「好きだけど、どうやって……？」

驚いて聞き返した海琴は、怪訝《けげん》な顔になっているに違《ちが》いない。

一般《いっぱん》常識はあるし、言葉にも不自由はないとわかっていても、これまでリオンが一人で買い物をしたことはないのだ。

「海琴の買い物を横で見ていたから、真似《まね》ることは容易《たやす》い。おまえが嫌《いや》がるから、競馬で現金を得たのではないぞ。与《あた》えられた役目の、対価としての報酬《ほうしゅう》だ」

得意げに胸を張ったリオンに、眉間《みけん》の皺《しわ》を深くする。

まだ、競馬で当てたと言われたほうが納得《なっとく》できたかもしれない。

「報酬？　与えられた役目って、どこかで働いたってこと？　その、耳とか……尻尾、出したたままじゃないよな？」

なにより、身分証明書や戸籍《こせき》などないリオンが、どこでどうやって？　考えれば考えるほど、疑問が膨《ふく》らんでいく。

バッグを下ろした海琴は、リオンのすぐ傍に膝《ひざ》を突《つ》いて紺碧《こんぺき》の瞳《ひとみ》と視線を絡《から》ませた。

「きちんと説明してよ」

「……おまえの様子がおかしかったから、あまり言いたくないが……呪術師の店で働いている。呪術師のところには、曰《いわ》くのある物や古き物たちが集まるんだ。そこから人間が宝石と呼んでいる鉱石を抜き出し、純度や人工的に作られたものかどうかという真贋《しんがん》をこの身で判定して、呪術師に伝える。呪術師は、かつて鉱石を糧《かて》にしていた俺が決して見誤らないと知っているからな」

訥々《とつとつ》としたリオンの説明に、海琴は「ちょっと待って」と片手で額を押さえた。

一気に語られたことを、すぐに理解できない。少し考える時間が欲しい。

呪術師のところで……ということに関しては、納得できなくはない。互《たが》いに正体を知っているわけだし、不自然な耳や尻尾を隠す必要もないので気が楽だろう。

確かに海琴は、あの呪術師とできるだけ関《かか》わりたくないので、尋ねた時にはぐらかしたリオンの判断は間違っていないとも思う。初日に呪術師のところで働いていると耳にすれば、絶対に表情を曇《くも》らせていた。

それよりも、鉱石云々《うんぬん》という部分が不可解だった。

「鉱石を糧に、ってなんだよ。宝石が本物か偽物《にせもの》か、百パーセント区別がつく？　この身でってことは、分析《ぶんせき》のための機械を使うんじゃないよな。どうやって……？」

魂《たましい》を封印されていた二百年のあいだ、依《よ》り代《しろ》を移りながら世界中を渡《わた》り歩いたというリオンは、驚くほど博識だ。

テレビを見ていても通訳の必要などなく複数の外国語を理解しているようだし、海琴が聞いたことのない国の名前も知っている。

そのくせ、ベルトをどう使うのか知らなかったり、シャンプーとリンスの順番を間違えたり、生肉を常温保存しようとしたり……日常生活の基礎《きそ》知識が予想外な部分で抜《ぬ》けていて、たまに驚くが……。

「舐《な》める」

「は……あ？」

突拍子《とっぴょうし》もない短い一言は、発言したのがリオンでなければ海琴をからかっているのかと怒《おこ》っていたに違いない。

ただ、リオンは海琴を変にからかったりしないとわかっているので、事実を語ったはずで……

…舐めるだと？

理解できず首を捻《ひね》る海琴に、リオンは真顔で言葉を続けた。

「もともと、我ら獅子《しし》族は鉱石を糧としていた。繁殖《はんしょく》期のみ膨大《ぼうだい》な力が必要となるので、他《ほか》の生物の命をいただく。それ以外は、岩場で鉱石を舐める。匂《にお》いで、質のいい鉱石がどこにあるのかわかるからな。人の手が加わった鉱石は、悶絶《もんぜつ》するほど不味《まず》い。純粋《じゅんすい》であればあるほど、甘く……舌触《したざわ》りがいい。岩場から切り崩《くず》されて指輪などに変えられていても、噛《か》み砕《くだ》くことなく舐めるだけで判別がつく」

「鉱石を食う？　普通《ふつう》の、ライオンじゃない……ってこと？」

マジマジとリオンを見詰《みつ》めて、ぼんやりつぶやく。

いや、リオンが普通のライオンではないことくらいは、わかっていたつもりだ。なんといっても、人間に化けられるのだから。

でもリオンは、海琴の前ではパンを食べたりお握りを食べたり、焼き肉を満足そうに味わったり……と、自分たちと変わらない食の嗜好《しこう》だと思っていた。

鉱石を糧とするなど、予想外だ。

「それほど驚《おどろ》くことか？　ああ……そうか。おまえは、過去の記憶《きおく》がなかったんだな。俺が見つけた鉱石を口にして、幸せそうに笑《え》んだことも……憶《おぼ》えていないか」

諦《あきら》めたように小さく笑うリオンに、海琴は胸の奥がカッと熱くなるのを感じた。

憶えていない。記憶がない。

そんなふうに言われるたびに、ルイーザの魂を持っているはずなのに……と、責められている気分だ。

リオンから顔を背《そむ》けた海琴は、身体《からだ》の奥底から込み上げてきたイガイガとしたものを、一気に吐き出す。

「憶えてなくて悪かったな。だから、人違いだろって言ってるのに。リオンのルイーザは、別のところにいるんじゃないのか？　おれなんかにさっさと見切りをつけて、本物を探したほうが……」

「海琴！」

鋭《するど》い声で名前を口にしたリオンの手が、海琴の頭を摑《つか》んだ。背けていた顔を戻《もど》されて、至近距離《きょり》で紺碧の瞳を目に映す。

「なぜ、そんな言い方をする。俺の伴侶《はんりょ》は、おまえだけだ。おまえがいれば……他になにもいらない」

懇願《こんがん》するようにそう言ったリオンの顔が寄せられて、視界が暗く翳《かげ》る。唇《くちびる》を吐息《といき》がかすめても、身体が動かない。

……逃《に》げられない。

真っ直《す》ぐに向けられる真摯《しんし》な愛情が、海琴から抵抗《ていこう》の意思を奪《うば》う。なにより、リオンに触《ふ》れられること自体は、海琴も嫌《きら》っていないのだ。

やわらかな唇は、優《やさ》しいぬくもりを伝えてきて……とろりとした心地《ここち》に意識が漂《ただよ》う。

「ン……、ん……っ、ぁ」

リオンの舌が絡みついてきた途端《とたん》、これまで感じたことのない甘さが口腔《こうこう》いっぱいに広がった。

頭の芯《しん》が、甘く痺《しび》れて……思わずリオンの腕《うで》を摑んだ指が、小刻みに震《ふる》える。

これは、なんだろう。飴《あめ》や砂糖、果物の甘さとは全然違う。身体の深いところから、熱が湧《わ》き上がるような純然たる甘露《かんろ》だ。

身体の力が抜け、ふらりと揺らいだところでリオンの腕の中に抱《だ》き込まれた。

「今日のモノは、極上品《ごくじょう》だった。あの鉱石を舐めた余韻《よいん》が……俺の舌に残っている。おまえも、わかっただろう？　かつての味覚を、思い出したんじゃないか？」

「し、らな……い」

ドクドクと激しく脈打つ心臓の鼓動《こどう》を感じながら、ゆるく首を左右に振《ふ》った。

こんな甘さなど、知らない。鉱石……宝石の味？　そんなもの、ただの人間の海琴にわかるわけがない。

身体中を駆《か》け抜けた甘い痺れも、気のせいだ。

頑《かたく》なに否定し続けていると、海琴の背を抱くリオンの吐息が髪《かみ》を揺《ゆ》らす。

「何故《なぜ》、それほど突《つ》っぱねる。俺を……いや、自分の内に宿る魂を認めようとしないのは、どうしてだ？」

どうして？

悲しそうにそう尋《たず》ねてくるリオンは、本当にわかっていないのかと、絶望的な気分になる。

リオンが求めているのは、かつての伴侶だという『ルイーザ』だ。

海琴が過去の記憶を取り戻せば、大喜びして腕に抱き、想《おも》いをたっぷり込めて呼びかけてくるだろう。

我が妃《きさき》、ルイーザ。……待っていた。ようやく戻ってきたのだな、と。

その瞬間《しゅんかん》、リオンの中から『海琴』は消滅《しょうめつ》するに違《ちが》いない。リオンは『ルイーザ』を取り戻すことができれば、満足なのだから。

のろのろと腕を上げた海琴は、リオンの肩《かた》に手を置いて密着していた身体を引き離《はな》した。

「離せよ。……せっかくだけど、俺は晩飯いらない。疲《つか》れたから、もう寝《ね》る」

「海琴？　大丈夫《だいじょうぶ》なのか？」

「それ、おれを心配している？　なにかあって、うっかりおれが死んだりしたら……また当てもなく『ルイーザ』を探さないといけなくなるもんな。ルイーザの魂が、おれと一緒《いっしょ》に死んで消滅しなかったら……だけど」

女々《めめ》しい卑屈《ひくつ》な一言を零《こぼ》して、リオンに背を向けた。背後から、困惑《こんわく》を滲《にじ》ませたリオンの声が聞こえてくる。

「どういう意味だ？　海琴……？」

自己嫌悪《けんお》のあまり、もうなにも言えない。

顔を突き合わせていると、感情に突き動かされてリオンにどんな言葉をぶつけてしまうか、わからなくて怖《こわ》い。

「…………」

無言のまま、唇を強く噛んで部屋を出ると、寝室《しんしつ》にしてある奥の間の扉《とびら》を閉めた。

リオンの気配がなくなった途端、脚《あし》の力が抜けてズルリと座り込む。

「おれ……おかしいだろ。リオンを責めても、仕方ない……のに」

リオンが触れた唇、舌に……あの強烈《きょうれつ》な甘さがまだ漂っているみたいで、頭から追い出すべく、グッと親指のつけ根に噛みついた。

その痛みが、ふわふわ頼《たよ》りなくさ迷う心を現実へと引き戻してくれる。

「どう……したらいいんだろ」

繰《く》り返し夢の中で意識が重なる雌《めす》ライオンが、かつての自分だと……『ルイーザ』だと認めたら、どうなる？

リオンの封印《ふういん》が完全に解けて、ルイーザの記憶がすべてよみがえり、『海琴』は『ルイーザ』に取って代わられるのだろうか。

それを、リオンは望んでいるのか？

でもそうしたら、今の『海琴』はどこに行く？

海琴にはわからないことばかりだが、あの呪術師《じゅじゅつし》なら知っているのだろうか。

「明日、バイトが終わったら……呪術師に逢《あ》いに行ってみよう……かな」

明日は朝からの早番なので、十三時には上がることができる。

あの存在は、苦手だ。観察するような漆黒《しっこく》の瞳《ひとみ》を思い出すだけで、得体の知れない恐怖《きょうふ》が込み上げてくる。

でも、答えを握《にぎ》っているのが『呪術師』だけなら……逃げ続けることはできない。自ら、逢いに行かなければならない。

対峙《たいじ》を決意した海琴は、強く拳《こぶし》を握り、抱《かか》えた膝《ひざ》に額を押しつけた。

リオンがいるはずの扉の向こうに意識を集中させても、物音一つ聞こえてこない。

よく考えれば、どれほど邪険《じゃけん》な態度を取っても、リオンは常に海琴の傍《そば》に寄り添《そ》っていた。

こうして、バラバラに夜を過ごすのは初めてだ。

「ふ……どんなことを言っても、リオンは、おれ……じゃなく『ルイーザ』に甘いって、心のどこかでわかってたんだな」

いつの間にか、リオンが傍《かたわ》らにいることを当然のように思っていた自分の傲慢《ごうまん》さに、自嘲《じちょう》の笑みを浮《う》かべた。

□□□

リオンが……白銀の体毛を持つ美しいライオンが、銃《じゅう》や巨大《きょだい》なサーベルなどの武器を手にした大勢の人に囲まれている。

勇猛《ゆうもう》な獅子《しし》王だが、息絶えた伴侶を残して逃走《とうそう》することができないせいで、憎《にく》むべき密猟《みつりょう》者たちに動きを制されているのだとわかった。

これは、いつもの夢ではない。繰り返し見る夢の中で、海琴は『ルイーザ』の意識と同調していた。

けれど、今は……腹から血を流したルイーザの亡骸《なきがら》と、武装した大勢の男たちに囲まれたリオンを、少し高い位置から見下ろしている。

まるで、映画を見ているかのような不思議な光景だった。

なんだろう。……先日の夢の、続きだろうか。

二百年前。自身が絶命した後、遺《のこ》されたリオンになにがあったのか……『ルイーザ』は知らない。

「チッ、この雄《おす》ライオンがプライドのリーダーに違いない。鬣《たてがみ》が見事だ」

「まだ弱っていないぞ。気をつけろ」

金属のチェーンのようなものを巻きつけられても、諦《あきら》めることなく抵抗し続けるリオンに手を焼いているようだ。

近くにいた男の足を立派な牙《きば》がかすめ、「うわぁ！」と悲鳴が上がった。

「くそっ、コイツ」

「よせ！　撃《う》つな！　身体《からだ》に傷をつけるんじゃない。このまま、剝製《はくせい》にするんだ。これほど美しいホワイトライオンは、他《ほか》にない。桁違《けたちが》いの金額で売れるぞ」

銃を向けようとした男や、巨大なサーベルで斬《き》りつけようとした男を、見事な顎鬚《あごひげ》を蓄《たくわ》えた男が制する。

その男が、密猟者たちのリーダーらしい。リオンに銃口を向けていた男が、渋々《しぶしぶ》と手を下ろした。

「なぁ、おまえら……こんなライオンを見たことなど、ないだろう？　白銀の体毛に、紺碧《こんぺき》の瞳……か。生け捕《ど》りにして、見世物にしたいくらいだ」

リオンの牙や前脚《まえあし》の届かない位置で仁王《におう》立ちし、薄《うす》ら笑いを浮かべながらマジマジと姿を眺《なが》める。

リオンが立派な牙を剝《む》いて威嚇《いかく》しても、ふんと鼻を鳴らして頬《ほお》を歪《ゆが》ませるのみだ。

「無傷で捕《と》らえろ。ああ……その雌ライオンは、毛皮だけ剝《は》いで捨てていけ。剝製にしても、鬣のない雌は雄と違って見栄《みば》えがよくない。手間のわりに、大した値がつかん。美しい毛皮は、需要《じゅよう》があるだろうが……銃創《じゅうそう》が残念だな。誰《だれ》だ、横腹に穴を開けたのは」

「雄ライオンの足元を狙《ねら》ったつもりなのに、この雌が割り込んできたんですよ。おい、そこのおまえ。そっちで雌ライオンの毛皮を剝いでろ」

男たちの会話を耳にしたリオンの瞳に、激しい憎悪《ぞうお》の光が宿る。身体の奥底から力が湧《わ》き、ルイーザに手を伸《の》ばしかけた男に鼻先を向けた。

「ガァァ！」

激しい唸《うな》り声を上げ、金属のチェーンを引き千切って全身で抵抗《ていこう》を示す。押さえつけていた男五人を跳《は》ね飛ばすと、ルイーザに向かって地面を蹴《け》った。

「うわぁ！　くそっ、来るなっ！」

恐怖に引き攣《つ》った顔をした男が、ルイーザに突き立てようとしていたサーベルをリオンに向かって突き出した。

『リオン！』

逃《に》げてくれ、と。海琴は、悲鳴のような声を上げる。

夢の世界では実体のない自分が叫《さけ》んだところで、聞こえないことがわかっていながら黙《だま》って見ていられなかった。

サーベルの刃先《はさき》がリオンの口元……牙に当たり、ガキンと鈍《にぶ》い音が響《ひび》く。

牙が……折れた？

顔を顰《しか》めた海琴は、口の端《はし》から血を流しながらもまったく怯《ひる》むことのないリオンを、祈《いの》るように見詰《みつ》めた。

逃げればいいのに。リオンだけなら、この男たちを振《ふ》り切って逃げ出すことなど難しくないはずだ。

この場に、『ルイーザ』を残しさえすれば……。

「傷つけるなと言っただろう！」

「そんな……っ、襲《おそ》いかかってきたんですよっ？　嚙《か》み殺される！」

悲痛な声を上げた男を見向きもせず、リオンは地面に横たわるルイーザの首の後ろに嚙みついた。

リオンの口元から流れる血で、ルイーザの白い体毛が紅《くれない》に染まる。

「ぐ……ぅ」

反動をつけて驚異《きょうい》的な力でルイーザを振り上げ、自らの背に乗せたリオンは、大地を蹴って身を翻《ひるがえ》した。

「雄ライオンが逃げるぞっ！」

「ええい、逃がすくらいなら撃て！　絶対にあの毛皮を手に入れろ！」

爆音《ばくおん》が響いても、リオンは足を止めることなく走り続ける。

無数の銃弾《じゅうだん》は全力で駆《か》け抜《ぬ》けるリオンに届くことなく、密猟者たちとのあいだの距離《きょり》はぐんぐんと開いていく。

サーベルの刃《やいば》に折られた、片方の牙のみを密猟者たちのもとに残し……。


……よかった。逃げられた。

なにもできず、ただ空から見続けるだけだった海琴は、安全な場所まで離《はな》れてようやく足を止めたリオンにホッと安堵《あんど》した。

その直後、ルイーザを草の上に下ろしたリオンの姿に、トクンと心臓が大きく脈打つ。

「ルイーザ……すまない。俺は、おまえを……護《まも》れなかった」

紺碧の瞳から一粒《つぶ》の涙《なみだ》が落ちて、ルイーザの鼻先を濡《ぬ》らす。顔を舐《な》め回しても、ルイーザが目を開くことはない。

「密林は……あちらか。ルイーザ、呪術師に逢いに行こう」

リオンは再びルイーザを背に負うと、たった独りで広大なサバンナを歩き出す。

孤独《こどく》な旅でも、愛《いと》しい伴侶《はんりょ》の魂《たましい》を呼び戻《もど》すという目的があるのだから疲労《ひろう》など感じることもない。

背にあるルイーザの重みだけを原動力に、ただ黙々《もくもく》と歩き続けた。

□□□

した。

なんだろう。頬が……濡れていて、冷たい。息苦しくて深く息を吸うと、ヒクッと喉《のど》が痙攣《けいれん》
全身を大きく震《ふる》わせて、詰めていた息を吐《は》く。

「……っ！　ふ……ぅ」

重く感じる瞼《まぶた》を見開いた海琴は、自分の顔を手のひらで拭《ぬぐ》って眉《まゆ》を顰《ひそ》める。

頬を濡らすものは、涙……？

折《たた》り畳んで重ねてある布団《ふとん》に身を預けた状態で、いつの間にか眠《ねむ》り込んでしまったのだろう。

電気が灯《とも》ったままのアパートの天井《てんじょう》を睨《にら》み、瞬《まばた》きを繰《く》り返す。

「夢……だ。ただの、夢……」

もし海琴が『ルイーザ』であったとしても、見ることのなかった場面だ。空想の産物であり、

過去の事実ではない。

そのはずなのに……胸が、ズキズキと痛みを訴《うった》えている。

「リオン……どこだ？」

身体を起こして、視線を巡《めぐ》らせる。眠りから覚めると、いつも必ず傍《かたわ》らにいるリオンの姿は見当たらない。

一人だと認識《にんしき》した途端《とたん》に急激な寒さを感じて、肩《かた》を震わせる。ギュッと身を丸めた海琴は、リオンがここにいない理由を思い出した。

姿がなくて、当然だ。海琴が拒絶《きょぜつ》したのだから。

きっと、あのままリビングのラグに転がって、眠っている。

「風邪《かぜ》……とか、リオンはひきそうにないかな」

ふっと息をついて、重ねた布団に上半身を投げ出した。

意固地に目を背《そむ》けているだけで、今の海琴は自分の内に『ルイーザ』の魂が存在することを認めている。

そうでなければ、サバンナでリオンと過ごしていた夢を繰り返し見るわけがない。

まるで、自分の中にいる『ルイーザ』に、そろそろ認めてリオンを受け入れろと急《せ》かされているみたいだ。

目を閉じた海琴は、『ルイーザ』も知るはずのない出来事を頭の中で再現する。

牙《きば》を……片方、折られていた。もし、リオンが片牙であれば、ただの夢ではなく海琴の意識が過去を見ていたことになる。

非現実的なことだが、リオンの存在も呪術師《じゅじゅつし》も、ルイーザの魂を宿しているらしい自分でさえ非常識なものなのだから、あり得ないと一蹴《いっしゅう》できない。

「……リオン」

小さく名前を呼ぶと、胸の苦しさが増して奥歯を強く嚙む。

リオンのぬくもりを感じたい。生きて、ここに在るのだと……体感して、安心したい。

でも、今の海琴にはそうすることができない。

再び眠りに入り込むことはできず、身体《からだ》を丸めて朝の訪《おとず》れを待つ時間は、やたらと進みがゆっくりしているように感じる。

リオンは、転生したルイーザと再び巡《めぐ》り逢《あ》えることを信じて、二百年もの時を待ったのか。

それは、永遠に感じるほど長い月日だったに違《ちが》いない。

依《よ》り代《しろ》に魂を封《ふう》じ、世界中を放浪《ほうろう》していたあいだの不安と孤独を想像するだけで、とてつもない心細さに襲われる。

それほどまでに一途《いちず》な愛を向けた『ルイーザ』に、知らない……憶《おぼ》えていないと突《つ》き放されて、どれだけ絶望に打ちひしがれただろう。

やっと巡り逢えたのに、拒絶され続け……それでも、真摯《しんし》に「おまえを愛している」と告げてくるリオンは、どれほど心が強いのだろう。

「ルイーザに、怒《おこ》られているみたいだな」

海琴に、自身も知らないはずの場面を夢で見せて、思い出せと叱咤《しった》されている気分になる。

もう……逃《に》げていては、いけない。

リオンのため、『ルイーザ』のため、そして海琴自身のためにも、曖昧《あいまい》にしておけない。

常に退屈《たいくつ》しているという人の悪そうな呪術師は、一筋縄《ひとすじなわ》ではいかないだろうけれど。

《八》

昼の二時前だというのに、そろりと窺《うかが》った古物店の店内は薄暗《うすぐら》い。

外観からもあからさまに怪《あや》しげな雰囲気《ふんいき》が漂《ただよ》っていて、目的があって訪ねる人間以外は、通りがかりに入ろうなどと思わないだろう。

観音開きの扉《とびら》は、今日も片側が開いている。その脇《わき》に立った海琴は、しばらく迷っていたけれど、深呼吸で気合いを入れて一歩踏《ふ》み出す。

海琴の背より高い棚《たな》が目隠《めかく》しになっていて、やはりここからは店の奥が見えない。呪術師がいるのかどうかもわからず、のろのろと重い足を運んだ。

「呪術師。それは……俺のものだろう。返せ」

ふと耳に入ったのは、聞き覚えのあるリオンの声だった。

昨夜の気まずさを引きずり、今朝は顔を合わせることなくアパートを出たのだが……今日も、ここで仕事をしていたらしい。

リオンの存在があることで少しだけホッとした海琴は、迷いを捨てて店内の奥に歩を進めようとした。

「やはり気づいていたか。ルイーザは、知らないのだろう？」

「あいつらに奪《うば》われたのは……ルイーザが息絶えた後だ。海琴は、知らない」

ルイーザと、海琴。

呪術師とリオンの会話に上った名前は無視できないもので、ビクッと足を止める。

呪術師は、『ルイーザ』とのみ言った。リオンは、『ルイーザ』と『海琴』二つの名前を口にした。

その意味の違いは、どこにあるのだろうか。

心臓が、鼓動《こどう》を速めるのがわかる。耳の奥で、トクトク……忙《せわ》しなく響《ひび》き、足元に視線を落とした。

「どうして……ここに？」

「昨日、一見の客から持ち込まれた舶来品《はくらいひん》に紛《まぎ》れていたのだが……封印《ふういん》が解けたことで、主《あるじ》である獅子《しし》王に引き寄せられたのだろうな。さすが王だ。その身を離《はな》れた牙でも、圧倒《あっとう》的な力を帯びている。それも、負の……怨念《おんねん》だ。これを身に着けた人間どもは、さぞ不幸な目に遭《あ》ったことだろう」

牙。しかも、リオンの身を離れた……。

昨夜の夢がまざまざと頭に浮《う》かび、緊張《きんちょう》のせいか喉がカラカラに渇《かわ》く。あまりのタイミングのよさに、ゾッと背筋を悪寒《おかん》が這《は》い上がった。

「戦利品とばかりに、自慢《じまん》げに身に着けた人間が呪《のろ》われたなど、知ったことではない。血族が根絶やしになったのなら……自業自得《じごう》だ」

淡々《たんたん》と語るリオンの声は、抑揚《よくよう》も感情もほとんどなく……これまで海琴が一度も聞いたことのない、冷たい響きだった。

今の台詞《せりふ》を口にしたのは、本当にリオンだろうか？　声でそう判断したけれど、姿を一度も見ていないので疑わしくなる。

海琴が戸惑《とまど》っていると、呪術師は愉快《ゆかい》だと隠そうともしない調子で言い返した。

「くくっ……相変わらず、人に対して無慈悲《むじひ》なことだ。ルイーザには、それほど冷酷《れいこく》な姿を見せたことなどないのだろう？」

「愚問《ぐもん》だな。仇《あだ》である人間と、愛する妻……同列に並べることさえ不快だ」

「ルイーザの器《うつわ》も、今は人間ではないか。獅子の姿に変わり、サバンナを駆《か》けることもできなければ……過去の記憶《きおく》さえない。巡り逢い、ルイーザの涙《なみだ》が王の瞳《ひとみ》を濡《ぬ》らせば封印が解けるはずだったのに、それさえ完全ではない。頑固《がんこ》な人間の意識下で抑圧《よくあつ》されたルイーザの魂《たましい》は、実に窮屈《きゅうくつ》そうだ」

呪術師が語った、ルイーザの魂は窮屈そうだ……という言葉を、リオンはどんな顔で聞いているのだろうか。

ドクンドクンと、心臓の鼓動が耳の奥で大きく反響《はんきょう》している。

海琴が、ルイーザを抑圧している？

これまで海琴は、そんなふうに考えたことはなかった。自分が『ルイーザ』ではないと、拒絶するので精いっぱいだった。

「返すだけでなく、この牙を、その身に戻《もど》してやろうか」

呪術師の言葉に、海琴はハッと目を瞠《みは》った。リオンの答えを聞き逃《のが》さないよう、耳に神経を集中させる。

「……なにが目的だ？　貴様の無償《むしょう》の親切など、信じないからな」

硬《かた》い声でそう言い返したリオンに、呪術師が低く笑うのがわかった。

「ふっ、相変わらず賢明《けんめい》なことだ。この数百年、退屈でたまらなかったが……おまえは楽しませてくれる」

「もったいぶらずに、目的を言え」

「そんなに急《せ》かすでない。まったく……」

呪術師がため息をつき……沈黙《ちんもく》が落ちる。

なんだ？　どうなっている？　と海琴が眉《まゆ》を顰《ひそ》めて足元に向けていた視線を上げた直後、棚の陰《かげ》から人影《ひとかげ》が現れた。

「……っっ！」

不意打ちだ。

驚愕《きょうがく》のあまり、海琴は声もなく全身を硬直《こうちょく》させて、目の前に立つ呪術師《じゅじゅつし》を見詰《みつ》める。

海琴と視線を絡《から》ませた呪術師は、笑《え》みを深くして口を開いた。

「立ち聞きか。行儀《ぎょうぎ》がいいことだな、獅子王の妃《きさき》よ」

バクバクと、猛《もう》スピードで心臓が鼓動を刻んでいる。逃げ出したいほど恐怖《きょうふ》に駆られているのに、足がすくんで動けない。

「なに？……海琴か？」

訝《いぶか》しげな声でそう言いながら、視界の端《はし》にリオンの姿が映り……ようやく硬直が解けた。

声の出ない海琴は、縋《すが》るような目でリオンを見ているに違《ちが》いない。大股《おおまた》で近づいてきたリオンが、呪術師の視線から隠すように海琴を腕《うで》の中に抱《だ》き込んだ。

慣れたぬくもりに包まれた海琴は、全身に張り巡らせていた緊張と警戒《けいかい》をようやく振《ふ》り解《ほど》いて、大きく息を吐《は》く。

「呪術師。ここに海琴がいることがわかっていて、わざと話を聞かせたな？」

頭上から落ちてきたリオンの声は硬く、海琴は「え？」と目を瞠る。

リオンは、尋《たず》ねているのではない。そうだろうと、確認《かくにん》しているのだ。

「なぜ、そう思う？」

楽しそうな気配を漂わせたまま、呪術師が聞き返した。

リオンは確信を持っているようだが、海琴も疑問だ。リオンの牙《きば》についての話を海琴に聞か

せることに、なんの意味がある？

ルイーザの魂を、海琴が抑圧している……という部分には少なからず衝撃《しょうげき》を受けたが、呪術師にどのような意図があるのかまでは読めない。

「貴様が退屈していることはわかっている。海琴を、退屈を紛らわせる道具にされるのは不愉快だ」

リオンは、自分が振り回されることではなく、海琴を巻き込むことが許し難《がた》いのだと呪術師に不満をぶつける。

呪術師は低く笑い、緊張《きんちょう》感のない声で言葉を続けた。

「密猟《みつりょう》者に折られた牙を、獅子王に戻すことくらい……私には造作もない。だが、それには条件がある」

チャリ……と、金属の触《ふ》れ合うような音が聞こえて、海琴は誘《さそ》われるように音のほうへと顔を向けた。

呪術師が顔の高さに掲《かか》げた手から、金色の細いチェーンが垂れ……その先には、黄味を帯びた牙が揺《ゆ》れていた。

ペンダントに加工された、リオンの……牙？

海琴が目にしたものは、ただの夢ではなく、実際にリオンの身に起きたことだった？

「呪術師の条件か。ろくでもないものだろう」

「さあ、どうかな。受け入れるかどうかは、獅子王……と、その妃で話し合えばいい。聞く気はあるか？」

リオンの迷いが、背に添《そ》えられた手から伝わってきた。

牙を返せと、ここに入ってすぐ、海琴の耳にも確かに聞こえた。

だから、戻してもらえるのであれば願ったり叶《かな》ったりなはずで……ただ、呪術師が海琴を巻き込もうとしているのがわかるから、うなずけないでいるのだ。

一つ大きな深呼吸をして、短く口にする。

「……条件を聞く」

「海琴っ？」

まさか、海琴がそんなことを言いだすとは思わなかったのだろう。意外そうに名前を呼ばれ、抱き込まれていたリオンの腕の中から抜《ぬ》け出した。

振り向き、呪術師と視線を絡ませて続ける。

「ただし、とりあえず聞くだけだ。条件を受け入れるかどうかは、内容による」

「つい今しがたまで、怯《おび》えていたかと思えば……なかなか凛々《りり》しいな。さすが、獅子王の妃だ。面白《おもしろ》い」

海琴がこんなふうに食いつくとは、想定していなかったのかもしれない。あからさまに楽しそうな顔で、ジロジロと見下ろしてくる。

悪趣味《あくしゅみ》なヤツ……という思いが目に滲《にじ》んでいたのか、呪術師はニヤリと不気味な笑みを浮かべた。

「獅子王。ルイーザはこう言っているが……どうする？」

呪術師に返答を促《うなが》されたリオンは、背後から海琴の両肩《りょうかた》に手を置き……数秒の沈黙の後、ポツリと口を開いた。

「……聞こう」

「ははは、昔も今も、ルイーザの尻《しり》に敷《し》かれていると見える。勇猛果敢《ゆうもうかかん》な獅子王が、妃には逆らえないとは」

「どうとでも言え。挑発《ちょうはつ》には乗らん」

からかい混じりに笑われても、リオンは感情的になることなく呪術師に言葉を返した。

肩に置かれた手から、シャツ越《ご》しに体温が伝わってくる。

その重みとぬくもりは、これまでにも幾度《いくど》となく向けられた「おまえを護《まも》る」という誓《ちか》いを、改めて言葉ではなく伝えてきた。

だから、海琴は目を逸《そ》らすことなく呪術師を睨《にら》むことができる。

「では、二択《たく》だ。牙を獅子王に戻すか……残ったもう片方の牙も、私に差し出すか」

どんなことを言われるのか緊張《きんちょう》していた海琴は、「え？」と眉を顰める。

意味深な前置きをしていたわりに、示されたものはシンプルな選択肢《せんたくし》だ。

「なんだよ、それ。そんなの、考えるまでもなく」

「海琴。呪術師の話を最後まで聞け。迂闊《うかつ》に答えてはいけない。すべて疑ってかかれ」

深く考えることなく言い返そうとしていた海琴は、落ち着いたリオンの声に、慌《あわ》てて口を噤《つぐ》んだ。

そうだ。二択……とは言ったが、肝心《かんじん》の『条件』はまだ語られていない。

勇み足を制してくれたリオンにうなずいて唇《くちびる》を引き結び、もう勝手な発言をしないよう自分を律した。

「さすがだな、獅子王。容易《たやす》く罠《わな》に落ちないか。この見事な牙だけでなく、残っているもう片方の牙をも私に寄越《よこ》せば……ルイーザが解き切れていない封印《ふういん》を、解いてやってもいい。依《よ》り代《しろ》だった、獅子を模した布と綿の頼《たよ》りない姿に引きずられることも……そのように中途半端《ちゅうとはんぱ》な、情けない姿になることもない。……ただし」

ライオンのぬいぐるみに変わってしまうことや、ライオンの耳と尻尾《しっぽ》だけがある今の状態から逃《のが》れられるということか。

そのために、密猟者に折られた牙だけでなく無事だったほうまで差し出せと迫《せま》られ、リオンの纏《まと》う空気が険しいものになるのがわかった。

言葉はないけれど、海琴の肩に置かれた手にグッと力が込められる。

「……ただし、の続きは？」

「唯一《ゆいいつ》残った牙も失えば、ただの人へと身を落とす。勇猛《ゆうもう》な獅子としてサバンナを駆《か》ることもできなければ、獅子王の誇《ほこ》りであろう見事な鬣《たてがみ》も失う。それでも、今は人の身のルイーザと時を同じくできるのだから、そう悪くはないはずだ」

呪術師に魂《たましい》を封印される前、サバンナで生きていた頃《ころ》は、ライオンの姿と人間の姿と……自在に変化することができたらしい。

けれど、牙を失うことで普通《ふつう》の人間になる、という意味でいいのだろうか。

どうして、呪術師はリオンの牙を求める？　という疑問が頭を過《よぎ》った直後、海琴の思考を読んだようなタイミングで呪術師が口を開いた。

「二百年前……とうの昔に滅《ほろ》びた獅子族の、最後の生き残り……王の牙だ。希少価値という意味では、この上ない」

呪術師は飄々《ひょうひょう》とした口調で語ったけれど、ズシリと重い言葉だった。

とうの昔に滅びた獅子族の最後の生き残りという台詞《せりふ》に、心臓がギュッと摑《つか》まれたみたいに痛くなる。

海琴は胸の痛みに耐《た》えるべく、唇を噛《か》んで呪術師を睨みつけた。

「睨むな、王妃《おうひ》よ。かつての記憶《きおく》を、思い出していないのだろう？……獅子王の孤独《こどく》を癒《いや》すことのできないおまえに、私を責める資格はあるのか？」

「っ……それ、は」

そう言われてしまうと、海琴に呪術師《じゅじゅつし》を非難することはできない。

夢の中ではリオンの伴侶《はんりょ》であっても、今の海琴はリオンの望む『ルイーザ』であることを、否定し続けているのだから。

言葉を濁《にご》して宙に視線を泳がせると、背後からリオンの腕《うで》が絡《から》みついてきた。胸元《むなもと》に抱《だ》き込まれ、動揺《どうよう》を窘《たしな》められる。

「海琴。呪術師に惑《まど》わされるな。動揺を誘い、困惑《こんわく》と苦しみを与《あた》えて楽しんでいるだけだ」

「あ……」

いつの間にか、呪術師の思惑《おもわく》に取り込まれそうになっていた。

ぼんやりしていた海琴は、リオンの落ち着いた低い声に現実へと引き戻《もど》されて、ハッと我に返った。

海琴とリオンを目を細めて見遣《みや》った呪術師は、皮肉な微笑《びしょう》を浮《う》かべる。

「ふん、ずいぶんな言いようだな。牙《きば》を取り戻すための条件は、聞かなくていいのか？」

「牙を差し出したところで、それでは……どうせ、ろくでもないのだろう」

話を聞くまでもない、と疑念たっぷりの声が語っている。

せっかく、牙を取り戻せるかもしれない貴重な機会なのに……。

「リオン。話を聞くだけでも嫌《いや》か？」

せめて、卑劣《ひれつ》な密猟《みつりょう》者に奪《うば》われた牙だけでもその身に取り戻すことができれば、慰《なぐさ》めになるのでは。

そう思い、条件を聞くこともなく突《つ》っぱねようとしたリオンの手をギュッと握《にぎ》った。

背中が熱い。リオンがどんな顔をしているのか、海琴には見る術がないけれど……激しい鼓《こ》動《どう》は伝わってくる。

リオンも、可能であれば牙を取り戻したいと望んで当然だ。

迷いを見透《みす》かしているのか、呪術師はリオンと海琴の顔を交互《こうご》に見遣って唆《そそのか》してくる。

「愛《いと》しい妃《きさき》は、そう言っているぞ？」

「っ……語りたいなら、勝手にしろ」

不本意だと隠《かく》そうともしない声で、そう投げやりに答えたリオンに海琴はホッとする。

呪術師の術中に嵌《はま》るようで悔《くや》しそうなリオンには悪いが、受け入れられる条件であれば牙を取り戻してほしい。

きっと、簡単なものではないと、想像はつくけれど……。

「くくっ、プライドの高さも、時と場合によっては考えものだな。……では、妃に免《めん》じて勝手に語るとするか」

呪術師は、楽しくて堪《たま》らないと言わんばかりに頬《ほお》を緩《ゆる》ませる。

美形であることは間違《まちが》いないが、宗教画に描《えが》かれている人心を惑わすという悪魔《あくま》を連想する、禍々《まがまが》しい笑顔《えがお》だ。

「獅子王よ。このように過去の妃とは似ても似つかない転生体ではなく、かつてのルイーザを求めているのだろう？　私も、輪廻《りんね》の流れに乗せたルイーザが、これほどかけ離《はな》れた器《うつわ》に転生するとは予想外だった。不手際《ふてぎわ》を認めよう。詫《わ》びも兼《か》ねて、この人間を嚙み殺せば、望むままの器にルイーザの魂を移してやろう。世界中の誰《だれ》もが感嘆《かんたん》の息をつく絶世の美女でも、かつての獅子族の傍系《ぼうけい》である美しいホワイトライオンでも……」

呪術師の言葉に、背後にいるリオンが息を吞《の》んだ気配がする。

海琴は、呪術師の語った内容の意味を測りかねていた。

かつて密猟者に折られた牙をリオンに戻し、海琴を嚙み殺す……？　そうしたら、海琴の内にある『ルイーザ』の魂を再び転生させる……と言ったか？　しかも、リオンの望みに沿った人か、ホワイトライオンに。

当事者であるはずなのに、まったく関係ない他人事《ひとごと》のような不思議な感覚だった。

絶句した海琴も、リオンも……なにも言わない。呪術師の案にどんな顔をしているのか、振《ふ》り向いて確かめられない。

「こちらにも、ただし……がある。人間を殺《あや》めたことにより、魔獣《まじゅう》となり私の眷属《けんぞく》として生きるしかなくなる。まぁ、私もそれほど無慈悲《むじひ》ではない。妻帯は認めてやるから、新たなルイーザと連れ添《そ》うがいい」

頭が混乱してきた。

うつむいた海琴は、呪術師の語ったことをもう一度最初から復習する。

リオンに示した選択肢は、二つ。

牙を両方とも呪術師に差し出して、ただの人となり……海琴と共に生きるか。

牙を取り戻す代わりに海琴を噛み殺し、魔獣となって呪術師に従うか。

なによりも大きな違いは、傍《かたわ》らに居る存在が『ルイーザ』の記憶を取り戻さず、魂を宿していることさえ否定して拒絶《きょぜつ》している『海琴』か、完全に記憶を戻し、新たな身体《からだ》に転生した『ルイーザ』そのものか……というところだ。

「さぁ、どうする獅子王。なんの力もない凡庸《ぼんよう》な人となり、そこの者と数十年ほどしかない人としての生を選ぶか……不老不死の魔獣となり、望むままの姿に生まれ変わった妃と生を共にするか？」

選択《せんたく》を迫られたリオンが、どうする気なのか。背後から漂《ただよ》ってくる気配だけでは、推測も困難だ。

最後の呪術師の言葉だけで判断するなら、どちらがリオンの希望に沿ったものなのか……海琴でもわかる。

公園で、封印《ふういん》の解けたライオンのぬいぐるみから人の姿に変化したリオンは、愛しさと切なさが複雑に交錯《こうさく》した、万感《ばんかん》の思いを込めて名前を呼びかけてきたのだ。

ルイーザ……逢《あ》いたかった、と。

あれほどまでに求めていた『ルイーザ』と、『海琴』。自分がただの人間になるか、魔獣になるかという選択を考慮《こうりょ》しなくても、答えは導き出されそうなものだ。

リオンがどちらを選んだとしても、海琴は……なにも言えない。責める権利も、傷つく資格もない。

数分が数時間にも感じられるような長い沈黙《ちんもく》を破り、リオンが感情を抑《おさ》え込んだような低い声でつぶやいた。

「俺がどちらかを選んだとして……貴様に、どのような利がある？」

「もちろん、無償《むしょう》ではない。私の眷属となるからには、それなりに働いてもらう。鉱石の純度を図《はか》る能力も、鉱石を探し出す鼻の利《き》きも、重宝するからな。人となることを選ぶとしても……獅子《しし》王の牙を、二本とも入手できるのは悪くない。耳飾《みみかざ》りにでもするか。よき魔除《まよ》けになりそうだ」

魔除け？　自分自身が、強烈《きょうれつ》な魔物のようなモノのくせに。

そんな反感が顔に出ていたのか、チラリと呪術師の目が向けられる。海琴は、視線がぶつかる寸前に顔を背《そむ》けた。

どこまでもリオンを翻弄《ほんろう》しようとする呪術師が、憎《にく》い。

こんなタチの悪い存在を頼《たよ》った二百年前のリオンは、それでも『ルイーザ』を生き永らえさせたかったのかと、改めて想《おも》いの深さを突きつけられる。

今の海琴にできることは、リオンの結論を待つだけだ。どのような答えを出しても、受け入れよう。

不思議なくらい凪《な》いだ気分でそう決めて、細く息を吐《は》いた。正面に立つ呪術師は、唇《くちびる》に微笑を滲《にじ》ませた海琴に怪訝《けげん》そうな顔になる。

動揺し、泣きながら責め立てるとでも思っていたか？　これ以上、呪術師を楽しませてなどやるものか。

ざまーみろ……と、鋭《するど》い目で呪術師を睨《にら》みつけた瞬間《しゅんかん》。

「海琴」

「っ、な……なに？」

リオンに名前を呼ばれて、ビクンと肩《かた》を強張《こわば》らせた。腕を掴んで身体を反転させられ、リオンと顔を突き合わせることになる。

「おまえは……どうしたい？　ずっと黙《だま》っているが、理不尽《りふじん》な選択肢《せんたくし》に巻き込まれたのだから、なんとか言え」

紺碧《こんぺき》の瞳《ひとみ》が、真っ直《す》ぐに海琴を見詰《みつ》めている。嘘《うそ》や誤魔化《ごまか》しは見逃《みのが》さないと、真摯《しんし》な目が語っている。

なんとか、言え？　海琴が、なにを言える……？

「おれは、リオンの望みに従うだけだ」

小さく答えると、リオンは紺碧の瞳を見開いた。直後、グッと眉間《みけん》に深い皺《しわ》を刻んで険しい表情になる。

「海琴……っ。何故《なぜ》、諦《あきら》めたように笑っている！　俺ではなく、おまえの意思を聞かせてくれと言っているのだ」

これまでになく、強い口調だ。

常に鷹揚《おうよう》としているリオンが、こんなふうに感情をぶつけてくることは初めてだった。だからこそ、海琴の言動に憤《いきどお》っているのだと伝わってくる。

「そんなの……おれがどうこうしろなんて、口出しできるわけがないだろ！　おれの意思なんか関係なく、リオンの好きにしろ……ッ」

言葉の終わりを待つことなく、二の腕《うで》を摑《つか》んでいるリオンの指に力が込められる。痛みに顔を顰《しか》めて言葉を切り、唇を嚙《か》んでリオンを見上げた。

海琴を見ている紺碧の瞳に浮《う》かぶものは、怒《いか》り……と、深い悲しみ……？

「海琴……」

懇願《こんがん》するように名前を呼ばれても、海琴はもうなにも言えない。

視線を逸《そ》らしかけたところで、両手で頭を摑まれた。

「逃《に》げるな。海琴。それがおまえの本心か？　俺がどんな選択をしても、黙って受け入れるというのか？」

目を逸らそうとするのを許してくれず、吸い込まれそうな美しい紺碧の瞳が海琴を見据《みす》えている。

身体の脇《わき》で両手を握《にぎ》り締《し》めた海琴は、震《ふる》えそうになる唇を開いてポツリと返した。

「そう……するしか、ないだろ」

リオンは無言だ。

なにも言わず、海琴から目を逸らすこともなく……視線を絡《から》ませたまま、深く刻んでいた眉間の縦皺を解いた。

憤りではなく、どこか淋《さみ》しそうな空気を漂わせていて……胸の奥が、ズキンと鈍《にぶ》い痛みを訴《うった》える。

「ふ……っ、では獅子王。結論を聞こうか？」

それまで無言で海琴とリオンのやり取りを傍観《ぼうかん》していた呪術師《じゅじゅつし》が、どことなく緊張《きんちょう》を孕《はら》んだ空気を打ち破る。

ハッとした海琴がリオンから目を逸らすと同時に、摑まれていた頭を解放された。

「今、この場で結論を出す必要はないだろう？」

「とはいえ、私はさほど気の長いほうでもない。そうだな……次に月が満ちるまでに、心を決めろ。月の魔力が最大になる夜は、いろいろと都合がいい」

次の満月は、いつだったか……日頃《ひごろ》から夜空を意識して見上げていないので、海琴にはわからない。

明日かもしれないし、明後日《あさって》かもしれない。考える時間ができたと喜んでいいものか迷い、そっとリオンを窺《うかが》い見る。

リオンは、表情を変えることなく「了解《りょうかい》した」とうなずいた。こちらを見ることなく海琴の手を握ると、呪術師に背を向けた。

「獅子王。忘れ物だ」

呪術師の声が追いかけてきて、リオンが仕方なさそうに歩みを緩《ゆる》ませる。なにかと思えば、空《くう》を飛んできたのは……帽子《ぼうし》か？

無言で受け取ったリオンは、それを手に握り締めて今度こそ店を出た。

歩道に立つと、薄暗《うすぐら》かった店内とは対照的に、明るくあたたかな春の陽《ひ》が降り注ぐ。

リオン曰《いわ》く、呪術師の強烈な『毒気』が太陽の光に浄化《じょうか》されるみたいで、ホッと緊張を解いた。

「リオン……」

目の前の背中に呼びかけても、リオンは振《ふ》り向かない。足を止めることもなく、海琴の手を引いて歩き続けた。

すれ違《ちが》う女性たちが、リオンの頭上をチラチラ見ながら「なにあれ。コスプレ？」とか、「虎《とら》？　ライオン？　アニマル耳のカチューシャ、カワイーね」とクスクス笑っても、気にかけることもない。

あまりにも堂々としているせいで、作り物をわざと頭上に載せているようにしか見えないのだろう。

リオンは前だけを見て、速足で歩き続ける。ストライドの違う海琴は、リオンについていこうと小走りになってしまう。

その、海琴を気遣《きづか》うことのないスピードが、リオンの余裕《よゆう》のなさを表しているみたいで……

なにひとつ声をかけることができずに、リオンの後を追った。

《九》

アパートの扉《とびら》を入り、忙《せわ》しない動作で靴《くつ》を脱《ぬ》いでリビングへと歩を進める。そこでリオンは、ようやく海琴を振り向いた。

「はぁ……」

肩で息《いき》をしている海琴の姿に、自分の歩くスピードが配慮《はいりょ》を欠いたものだったと気がついたのだろう。

「すまない」

短く謝罪されて、首を横に振った。

なにから話すべきか、迷い……西に傾《かたむ》きかけた日が差し込む窓に目を向ける。もうすぐ、日暮れだ。

そうだ。一番気になることは、これだった。

「リオン。次の満月っていつか、知ってる？」

呪術師から与《あた》えられた猶予《ゆうよ》期間が、どれほどあるのか……海琴はわからない。リオンが知っているとも思えなかったけれど、疑問にあっさりうなずかれて驚《おどろ》いた。

「ああ。我らは、人よりも月の満ち欠けに敏感《びんかん》だ。呪術師が言うように、満月には特別な魔力《まりょく》がある」

「……いつ？」

海琴が恐《おそ》る恐る尋《たず》ねると、リオンは表情を変えることなく見下ろしてきた。

深く澄《す》んだ紺碧《こんぺき》の瞳《ひとみ》は、平素の落ち着きを取り戻《もど》している。先ほど呪術師の店で海琴に向けた、激しい感情のうねりが嘘《うそ》のようだ。

答えを待つ海琴が目を逸《そ》らさずにいると、リオンはふっと吐息《といき》をついて口を開いた。

「……明晩だ」

「あー……そんなことだろうと思った」

あの呪術師のことだから、猶予が一日もあればいいほうだ。むしろ、今夜だと言われても驚かなかった。

ある程度予想がついていたとはいえ、悩《なや》んだり相談したりするのに使える時間の短さに重いため息を零《こぼ》してしまう。

「まぁ、いくら時間があっても、結論が変わることはないだろうから……いいけどさ。リオンの中では、どうしたいか決まってるんじゃないの？」

可能な限り感情を除いた声で尋ねると、リオンはほんの少し視線を揺《ゆ》らがせて海琴に目を向けてくる。

確信があったわけではない。鎌《かま》をかけたようなものだったのだが、的外れではなかったかと唇《くちびる》に微笑《びしょう》を滲《にじ》ませた。

リオンはもう、呪術師にどう答えるか決めている。

「呪術師のところで口にした……海琴の考えは、変わらないか？」

「うん。おれは……リオンの結論に従うだけだ。リオンが、自分に一番いいと思うほうを選んでほしい」

二百年のあいだ、いつかどこかに転生するだろう『ルイーザ』と巡《めぐ》り逢《あ》うため、窮屈《きゅうくつ》な依《よ》り代《しろ》に封《ふう》じられて長い孤独《こどく》に耐《た》えてきたのだ。

今度は、『ルイーザ』とか『海琴』とか余計なことは考えずに、自分のために答えを出してくれればいい。

「リオンに怒《おこ》られても、おれの答えは同じだ」

逸らすことのない目に、海琴の決意が強固なものであると見て取ったのか、大きく肩を上下させて嘆息《たんそく》する。

リオンの手が伸《の》びてきて……海琴の前髪《まえがみ》をそっと掻《か》き上げた。

「おまえの髪は、美しい黒だな。獣《けもの》の姿でも、人に変わっても……白銀の体毛に包まれていたルイーザとは、全然違《ちが》う」

リオンの口から、かつての『ルイーザ』の姿がどんなものだったか、具体的に聞いたのは初めてだ。

違うと言われても、不思議なくらい海琴の心は凪《な》いでいた。

胸の奥が痛くなるでもなく、淋《さび》しくなるでもなく……。

それは、リオンの声が淡々《たんたん》としたもので、こちらを見る紺碧の瞳からも『ルイーザ』と『海琴』を比較《ひかく》しようという意図を感じないせいかもしれない。

今のリオンは、ただ目の前にいる海琴を見詰《みつ》めている。

「そうだろうね。瞳の色も、違う?」

夢の中では、何度もルイーザの目を通してサバンナやリオンを見ていたけれど、自身の瞳の色はわからない。

一度だけ俯瞰《ふかん》で眺《なが》めたことがあったが、あの時のルイーザは命の炎《ほのお》が消えた後で……瞼《まぶた》を伏《ふ》せていた。

海琴の目尻《めじり》を親指の腹でそっと拭《ぬぐ》ったリオンは、静かに答える。

「ルイーザは……翠《みどり》だった」

「そっか。ほんとに、なにもかも違うんだな。毛の色も、瞳の色も……性別さえ違う。呪術師《じゅじゅつし》が、似ても似つかないと笑うわけだ」

リオンの求める『ルイーザ』とは、違う。

魂《たましい》が『ルイーザ』のものであることを認めるでもなく、核心《かくしん》に近い夢を見てもリオンとの過去を否定し続けている。

そんな自分が、リオンになにを言えるだろう。

「だが」

言葉を切って小さく笑った海琴を見ていたリオンは、短くつぶやいて大きな手のひらで海琴の頰《ほお》を包む。

紺碧の瞳が、真っ直《す》ぐに海琴と視線を絡《から》ませる。

「おまえの内には、確かにルイーザの魂がある。そして、海琴……おまえの魂も共に存在している」

ルイーザだけではなく、海琴も共存しているのだと言われて、視線を揺らがせた。

リオンにとって、それがどんな意味を持っているのか今の海琴にはわからない。

「おれの魂が一緒《いっしょ》に……か。リオンには、邪魔《じゃま》なものだろ」

卑屈《ひくつ》な言葉を零した海琴に、リオンは表情を曇《くも》らせた。

どうして、リオンがそんな……どこか痛いような顔をするのだろう。リオンが必要としているのは、『ルイーザ』だ。海琴の自我がなければ、たとえば夢の中でなら……紛《まぎ》れもなく『ルイーザ』でいられるのだ。

そのことを、リオンには一度も話していないけれど……。

「俺がいつ、海琴を邪魔だと言った？　同一の魂を持つ存在を、愛《いと》しいと感じこそすれ……邪魔だなどと、思うわけがないだろう」

真剣《しんけん》な顔と声だ。

逸らすことなく目を合わせる紺碧の瞳は、澄んだ真摯《しんし》なもので……本心であると、海琴にも察せられる。

確かに、『海琴』が邪魔だと言われたことは一度もない。もどかしそうに、かつての記憶《きおく》を取り戻せと懇願《こんがん》されるばかりだ。

それも、よく考えればここしばらくは耳にしていない……？

ルイーザと呼ばれることもなく、ただ『海琴』とだけ呼びかけられていた。

だから、勘違《かんちが》いしそうになっていたのだ。今のまま、自分が『ルイーザ』でなくてもリオンと暮らしていけるのではないかと。

でも呪術師と会話を交《か》わすリオンを見て、リオンは『ルイーザの魂』を諦《あきら》めていないのだと、現実を突《つ》きつけられた。

「そ……かな。だって、何度も思い出せ……って言っただろ。昔の、奥さんだったルイーザを求め続けている。呪術師が言うように、おれを消して純粋《じゅんすい》な『ルイーザの魂』を他に移してもらったほうが」

「海琴！」

憤《いきどお》りを含《ふく》んだ低い声で言葉を遮《さえぎ》られて、ピタリと口を噤《つぐ》んだ。

両手で顔を仰向《あおむ》けられ、食い入るように見詰められる。

「俺は、おまえがいればいい。おまえといられる選択肢《せんたくし》を選ぶぞ。……海琴」

迷いの欠片《かけら》もなく、『海琴』と呼ばれた。

紺碧の瞳を見返しながら、リオンの言葉を頭の中で復唱する。

海琴といられる選択肢とは、残された牙《きば》を呪術師に差し出して、ただの人となるというものか？

「だ、ダメだ。それはダメだよ、リオン」

ぎこちなく首を横に振《ふ》りながら、それはダメだと繰《く》り返す。

そんなことをしてしまったら、もう『ルイーザの魂』と出逢《であ》えないかもしれない。

呪術師が言っていたように、海琴が『ルイーザの魂』を抑圧《よくあつ》していて……この先、いつか過去の記憶を取り戻すという保証もないのに。

「せっかく、ルイーザの魂が転生して……見つけられたんだろ。今度こそ、確実にリオンのルイーザと出逢い直すべきじゃないか？　もう探したり待ったりしなくても、リオンが望むままの人……かライオンに、『ルイーザ』が生まれ変われるのに」

「……おまえの結論は、それか」

「あ……」

海琴が話しているあいだ、かすかに眉根《まゆね》を寄せて押し黙《だま》っていたリオンが低く零《こぼ》し、ハッとして奥歯を噛《か》む。

リオンには好きなように選べと言いつつ、海琴が自分の中で勝手に決めていた答えを、つい口にしてしまった。

リオンの選択《せんたく》が、『ルイーザ』ではなく『海琴』だと思わなかったのだ。だから、海琴はリオンから聞くまでもなくあきらめていた。

それを、リオンに悟《さと》らせるつもりはなかったのに……不覚だ。

口を噤んだ海琴の顔には、「しまった」と大きく書いてあるに違いない。リオンはそっと嘆息して、眉間《みけん》の緊張《きんちょう》を解いた。

「おまえが言うように、俺は俺の好きにさせてもらう。呪術師《じゅじゅつし》に牙を差し出し……完全な解呪を求める。人となり、おまえと生を共にしよう」

静かに語るリオンに、海琴は首を横に振って「なに言ってんだよ」と咎《とが》める。

どうして、リオンの選択がそちらなのか……海琴には理解できない。ルイーザの魂を諦めて、海琴を選択する理由などどこにある？

「リオン、そんな……簡単に決めるな。明日《あした》の夜まで、猶予《ゆうよ》があるんだろ？　もっと、よく考えたほうが」

「先ほどと、言っていることが違うぞ」

クスリと笑われて、「だって」と子供のように言い返す。

ほんの数分前、いくら時間があっても結論が変わることはないだろう……とか、リオンの中では、どうしたいか決まっている……と言ったのは海琴なのに、矛盾《むじゅん》した言葉を投げつけている。

そうわかっているけれど、リオンの選んだ結論が『残った牙を差し出す』ほうだと思っていなかったのだ。

リオンが『ルイーザ』を求めるなら、海琴は受け入れようと……その牙にかけられることを、覚悟《かくご》していたのに。

予想外のことばかりで、子供のように頭を振って「でも」と「だって」を繰り返す。

「リオン。おれは、賛成できない。ただの人間になって、おれと一緒にいて、どうすんの？　おれは、ルイーザの記憶を死ぬまで思い出さないかもしれない。リオンには、なにひとついいことがないだろ」

今のリオンは、二十代半ば。あと、五十年か……六十年か。ただの人としての生を終えるまで、海琴と共に過ごす？

海琴は、リオンが二百年も探し求めた『ルイーザ』であることを認めようとはせず、拒《こば》み続けているのに。

これからも、きっと『リオンのルイーザ』にはなれない。

やっぱり、ダメだ。

いたんだろ？」

「ここにっ、『ルイーザの魂』があるんだぞ。ずっとずっと、二百年も探して……待ち続けて
海琴はリオンの手を両手で掴《つか》み、自分の胸の中心に押しつけた。

高揚《こうよう》しているせいで、激しい心臓の鼓動《こどう》が伝わっているはずだ。でもそれは、『ルイーザ』の脈動でもある。

ずっと、ルイーザを引き合いに出されることも……その名で呼ばれることも嫌《いや》がっていたくせに、リオンが諦めようとしているのだと思えば、たとえようもない苦しさが込み上げてくる。

海琴としての自分を、消されたいわけではない。けれど、『ルイーザ』を手放そうとするリオンにはもどかしくて堪《たま》らなくなる。

これは、『ルイーザ』の悲しみではないだろうか。せっかく巡《めぐ》り逢《あ》えた愛しい存在に、背を向けられると……嘆《なげ》いているのでは。

そう思えば、やはり二人のあいだに立ち塞《ふさ》がる障害は『海琴』ではないのかと自責の念に駆《か》られる。

リオンは、しばらく無言で海琴の胸元に手のひらを押し当てていたけれど、掴んでいた海琴の手から逃《のが》れて不意に背中を抱《だ》き寄せてきた。

息苦しいほど強く抱きすくめられ、息を呑《の》む。

「っ……なに、リオン」

「海琴。俺は……確かに、ルイーザを求め続けていた。再び逢えることのみを希望に、世界中をさ迷いながら転生を待ち続けていた。だが……」

だが？

その先にどんな言葉を続けるのかと、目を閉じて耳に神経を集中させる。

大きく息をついたリオンは、苦しそうに声を絞《しぼ》り出した。

「俺は護《まも》れなかった……それどころか、その身で庇《かば》われたことを、認めたくなかった。でも、本当はわかっていたんだ。ルイーザは……あの日、命を落とした。魂《たましい》が転生しようと、あの頃《ころ》のままのルイーザはいない。転生を求めたのは、俺のエゴイズムだ」

海琴を抱《だ》くリオンの手に、グッと力が込められる。リオンの痛切な思いが伝わってきて、奥歯を嚙み締《し》めた。

ルイーザが命を落としたこと。

魂が転生しても、かつてのルイーザそのものではないこと。

どちらも、認めるには葛藤《かっとう》があったに違《ちが》いない。

海琴がルイーザの魂を有していることで、臆面《おくめん》もなく妻と呼ばれるのには辟易《へきえき》したが……この上なく、大切にしてくれていたのだ。

自分を思い出せと懇願《こんがん》したのも、過去の関係を取り戻《もど》せる可能性にかけていたからではないだろうか。

それなのに、あの頃のままのルイーザはいないと……どんな思いで口にしている？

「遠い過去だと思えたのは、海琴と共にいたからだ。ルイーザではないと言われ続けても、日々愛《いと》しさが増していった。確かに、なにもかも違う。だが俺は、それに失望したことは、一度もない」

リオンの言葉は、嘘《うそ》ではない。

ルイーザを引き合いに出されて、落胆《らくたん》されたことはない。なにもかも違っていても、それをチラリとも責められなかった。

「海琴がルイーザの魂を否定して、存在をなきものにしたいなら……それでもいい。二度と、ルイーザの名前は出さない」

「な……っ」

思いがけない言葉に驚《おどろ》き、抱きすくめられた腕《うで》の中で身を捩《ねじ》る。それでもリオンは腕を離《はな》してくれなくて、頭を左右に振りながら言い返した。

「リオン。そんなこと……できないだろ。淋《さび》しいこと、言っちゃダメだよ。ルイーザが……泣いてる」

ルイーザの存在を消すなど、絶対に無理だ。リオンの生きる原動力でもあり、支柱のようなものなのだ。

抜《ぬ》き取ってしまえば……きっと、すべてが崩《くず》れる。

胸の奥から湧《わ》く痛みは増すばかりで、本当に海琴の中で『ルイーザの魂』が泣いているに違いない。

リオンの手が離れていくのが悲しいと、悲鳴を上げているみたいだ。

「では、他にどうすればおまえといられる？……ルイーザとの過去を取り戻すより、今の海琴を大切にしたい」

ぴったりと重なった胸元から、激しい動悸《どうき》が伝わってくる。

力強いリオンの腕の中は熱く、リオンの熱情が伝染《でんせん》しているのではないかと、海琴も熱っぽい吐息《といき》をつく。

「もう、独りは嫌だ。海琴と一緒《いっしょ》がいい」

外見は文句なしの大人の男で、かつては王としてサバンナに君臨していた誇《ほこ》り高いリオンが、子供のように「淋しい」と縋《すが》りついてくる。

弱みを晒《さら》し、矜持《きょうじ》を手放して『海琴』を求めている。

この愛しい存在を、拒絶《きょぜつ》できるわけがない。放せと、腕を振《ふ》り解けない。

海琴は身動《みじろ》ぎもできず、リオンに抱き締められたまま小さく言い返した。

「おれが……ただの人間の海琴でも？　本当に、この先ずっとルイーザの記《き》憶《おく》を思い出さないかもしれない」

本当にそちらを選択《せんたく》していいのかと、再確認《かくにん》する。

ルイーザと共にいた時間、そして巡り逢うために待ち続けた時間を考えれば、海琴と過ごした時間など一瞬《いっしゅん》だ。

なのに、結論がそれでいいのか……不安ばかり込み上げる。

「こうして……腕に抱けば、確かなぬくもりが伝わってくる。ルイーザは……思い出の中にだけ棲《す》む存在だ。海琴は、笑って、怒《おこ》って……リオンと呼びかけてくる。時間は短くとも、恋《こい》に落ちることもある。呆気《あっけ》ない心変わりだと……信じられないか？」

心変わりと口にしたリオンに、海琴はふっと目を見開く。

ルイーザと海琴を同一視していたなら、そんな言葉は出ないはずだ。何度も『器《うつわ》』と呼んだ呪術師《じゅじゅつし》とは違い、リオンの中で、海琴は『ルイーザの魂の器』ではなく『海琴』なのだと……別の存在だと、認めてくれている。

それでも、自分がリオンの隣《となり》に立つのにふさわしいとは思えなくて、ポツリポツリと言葉を返す。

「リオンを信じるとか、信じないじゃなくて……少なくとも、ルイーザよりおれのほうがいいだろうって思えることは、一つもないから。それに、伴侶《はんりょ》には……なれないよ。おれは男だから、リオンの子は産めない。家族を作ってあげることはできない」

リオンのために、なにができるでもない。

ただ、ルイーザを求められることとの不満をぶつけ、否定し続け……よみがえりかけた記憶をただの夢だと拒絶して、開きかけた蓋《ふた》を必死で押さえ続けていた。

かつてのサバンナでの日々を知っている……きっと『ルイーザ』として目にしたものの記憶を、ほぼ取り戻しているのだと告げれば、リオンがもう海琴を見てくれなくなると。そう、ズルい計算が働いたから。

今も……肝心《かんじん》なことは口に出さずに、『ただの人間の海琴』だと、ルイーザの記憶などないのだと、手にした過去の断片《だんぺん》を隠《かく》そうとしている。

「家族など、海琴がいれば十分だ。子が生《な》せないから伴侶ではないとは、言わせない。過去を持ち出されるのは嫌だろうが……ルイーザとのあいだにも子はいなかった。いや、俺たちだけでなく、長く……新たな命は生まれなかったのだ。密猟《みつりょう》者に襲撃《しゅうげき》されなくとも、いずれ滅《ほろ》びる運命にある一族だと……」

「リオン！　そんなふうに言うな。なんで、そんな淋しいこと言うんだよっ」

特別な感情を感じさせず、淡々《たんたん》と語るリオンの言葉を強い調子で遮《さえぎ》った。

ズキズキと胸の奥が痛い。

両腕《りょううで》の中に抱き込まれたまま、リオンの背中に手を回して拳《こぶし》で軽く叩《たた》いて咎《とが》める。

「誰《だれ》も口には出さなかったが、皆《みな》が薄々《うすうす》感じていたことだ。あの頃の俺たちは、それを認めることができなかった」

静かに続けるリオンは、依《よ》り代《しろ》に封《ふう》じられていた長い時のあいだに、そのことを認めたのかもしれない。

二百年という時の長さは海琴には想像もつかないけれど、考える時間は無限に等しいほどあったはずだ。

「どちらにしても、我が一族は俺で最後だ」

言葉を切って大きく息を吐《は》いたリオンは、言葉を失う海琴を、深く抱き込んでいた腕の中からそっと放した。

燃えるようなオレンジ色の夕焼けにも染まることのない、真摯《しんし》な光を湛《たた》えた紺碧《こんぺき》の瞳《ひとみ》が海琴を見詰《みつ》める。

真っ直ぐに視線を絡《から》ませたまま、真剣《しんけん》な表情と声で告げてきた。

「海琴……俺の妻になってくれ」

やはり、妻から離れられないのか……と。

リオンは大真面目《おおまじめ》な顔をしているのに、つい頰《ほお》を緩《ゆる》ませてしまった。

なにか言いかけたリオンの唇《くちびる》に人差し指の腹を押しつけて言葉を封じ、求愛に応《こた》えるべく唇を開く。

「妻……は、やっぱりたぶん無理だけど、リオンと一緒にいる。ううん、一緒にいさせてほしい。強くて、綺麗《きれい》で……無敵に見えるのに、これまでいっぱい淋しい思いをしてきたせいで淋しがり屋だ。そんなリオンの、傍《そば》にいたい」

傍にいることを、許してくれるなら……だけれど。

海琴の言葉の意味を噛《か》み締《し》めるように数回瞬《まばた》きをしたリオンは、泣き笑いのような複雑な表情を浮《う》かべて海琴の肩口《かたぐち》に頭を押しつけてくる。

「頼《たの》むよ。共に……生きてくれ」

「……うん」

白銀の髪《かみ》を指先でそっと撫《な》でて、頭を両手で抱《だ》き締める。

胸の奥から湧き出る愛しさと喜びと……泣きたいような切なさは、海琴と『ルイーザ』どちらのものだろう。

愛しくて、王の風格を漂《ただよ》わせる威風《いふう》堂々とした姿なのに、子供みたいに可愛《かわい》くて……想《おも》いが溢《あふ》れそうになり、抱き締めた手が小刻みに震《ふる》える。

海琴とルイーザ、二人分の恋しさが混じり合い、複雑に絡んで……何十倍にも膨《ふく》れ上がっているみたいだ。

「リオン。小っちゃい子みたいだよ。可愛いけど」

「……このような姿は、おまえにしか見せない」

「そう……だね。昔から、そうだった」

もう、どちらの感情でもいいか。想いを向ける先は、リオン……ただ一人だ。同じ存在に、同じ愛《いと》しさを抱《かか》えている。

それで、いい。

ふと視線を感じた気がして、オレンジ色の夕日が差し込む窓に目を向ける。

その直後、大きな白い鳥が窓を過《よぎ》ったように見えたけれど……羽音が聞こえなかったのだから、きっと目の錯覚《さっかく》だ。

一応、リオンに話そうかと思ったのだが、

「海琴」

「あ……」

唇を重ねられて、強く背中を抱《だ》かれ……口に出すタイミングを逃《のが》してしまった。


「あの、リオン。ここで、その……なんか、する気？」

目を瞠《みは》った海琴は、当然のように伸《の》し掛《か》かってくる厚みのある肩《かた》に手を置いて、しどろもどろに口を開いた。

「俺が求愛して、おまえが受け入れた。なにか問題があるか？」

リオンは、どうして止めようとするのだと、不機嫌《ふきげん》そうな顔で見下ろしてくる。

性急にラグに転がされた海琴は、問題は……あるような、ないような……と落ち着きなく視線を泳がせる。

問題があるかと問われれば、ないかもしれない。リオンにプロポーズされて、ハイと答えたようなものだ。でも、だからといってこれは、あまりにも急な展開ではないだろうか。

確かに、奥の部屋に場所を移して部屋の隅《すみ》に重ねてある布団《ふとん》を敷《し》き、さぁ……と改めて向き合うことを想像したら、そのあいだに我に返って逃《に》げ出したくなりそうだが。

「その、もうちょっと覚悟《かくご》する時間が欲しいな、っていうか……」

「覚悟？　俺に愛される覚悟だけがあれば、他《ほか》になにが必要だ」

「っ……」

傲慢《ごうまん》とも思える言葉には、絶対王者の貫禄《かんろく》のようなものが漂っていて……気圧《けお》された海琴は、なにも言い返せなくなる。

海琴の前髪《まえがみ》を搔《か》き上げて視線を絡ませたリオンは、「それに、悠長《ゆうちょう》に待つ時間はない」と口にする。

「なんで？」

「忘れたのか。明日には、呪術師《じゅじゅつし》に選択《せんたく》の結果を答える。あの呪術師が、事前に話したことだけで終わらせる保証はどこにもない。すんなり引き下がるほうが意外だな。更《さら》なる無理難題をふっかけてくる可能性が高い」

「あ……」

それは……確かに、リオンの言うとおりだ。

常に退屈《たいくつ》していて性格のよろしくなさそうな呪術師が、自分たちを退屈しのぎに使うことは容易に想像がつく。

リオンに悪趣味《あくしゅみ》な選択肢《せんたくし》を示したことも、呪術師にとっては些細《ささい》な遊びの一環《いっかん》でしかないのだろう。

観察するような感情の窺《うかが》えない目、不気味な薄《うす》ら笑いを思い浮かべた海琴は、グッと眉《まゆ》を顰《ひそ》めてリオンの肩に置いていた手を下ろした。

明日がどうなるか、リオンにも海琴にもわからない。それなら、今……こうしていられる時に、衝動《しょうどう》に身を任せてしまうべきだ。

そう思えば、抗《あらが》おうという気が霧散《むさん》した。

ふと吐息《といき》をついた海琴の表情や身体《からだ》の力を抜《ぬ》いたことで、逃げようという意思がなくなったことを察したらしい。

「海琴」

深い想いを込めて名前を呼んだリオンが、端整《たんせい》な顔をゆっくりと寄せてきて……唇がそっと触《ふ》れる。

「ん……？」

リオンの頭を抱き寄せようとした海琴の指に、髪とは異なるやわらかな毛の感触《かんしょく》が伝わってきた。

白銀の獣毛《じゅうもう》に覆《おお》われた、丸い耳……。

「あっ、そうだ。ちょっと待って」

そうか。ライオンの耳があったんだ……と思い浮かんだ瞬間《しゅんかん》、咄嗟《とっさ》にリオンの肩を押し戻《もど》した。

「おい？」

受け入れることを決め、これまで強く抗う気配のなかった海琴がそんな行動に出たせいか、リオンの纏《まと》う空気が不穏《ふおん》なものになる。

慌《あわ》てて首を左右に振《ふ》った海琴は、

「違《ちが》う。嫌《いや》なんじゃなくて」

と、言い訳を口にしながら頭の上にあるリオンの耳に触れた。

今は目に映らないけれど、ライオンの尻尾《しっぽ》も持っているはずだ。呪術師が約束通りに解呪してくれるなら、どちらも明日の夜には消えてなくなる。

リオンは百獣《ひゃくじゅう》の王である獅子《しし》の姿を失い、平凡《へいぼん》な人間になることを……どう思っているのだろう。

「昔のリオンは、基本形態がライオン……だったんだよね？　人間になるほうが、たまにだった？」

何度も見た夢の中では、リオンもルイーザも常にライオンだったのだ。人間の姿になったリオンは、一度も目にしていない。

「ああ……意思で、自在に姿を変えられる。どちらでもいいが、サバンナで生きるには、獅子のほうがなにかと都合がよかったからな」

リオンは、海琴の唐突《とうとつ》な質問に不思議そうに返してくる。

やはり、そうか。ライオンでいるほうが、リオンには自然なのかもしれない。

「今は……？　中途半端《ちゅうとはんぱ》に、耳と……尻尾だけあるけど、完全なライオンに変わることはできない？」

海琴がなにを目的にそんなことを言い出したのか、わからないのだろう。リオンは、首を捻《ひね》って答えた。

「呪術師の封印《ふういん》が解けてからは、一度も試していないから確証はないが……そうだな。今なら、完全な獅子の姿になることもできるかもしれん」

確証はない、という言葉通りに珍《めずら》しく自信のなさそうな声音だ。

でも、今ならと窓に目を向けたリオンの言葉の意味は、海琴にもすぐにわかった。

少し前まで茜色《あかねいろ》だった空は、夜の帳が下りて深いラベンダー色に染まっている。

カーテンを引いていない窓の外、低い位置に……ほぼ満月と言ってもいい、大きな月が浮《う》かんでいた。

満月には、特別な魔力《まりょく》があると言っていた。月の力を借りることができれば可能かもしれない、という意味だろう。

「じゃあ、見せて」

短く求めた海琴に、リオンは目を見開いて驚《おどろ》きを露《あら》わにした。

マジマジとこちらを見下ろしていたけれど、真顔の海琴が冗談《じょうだん》を言っているのではないと悟《さと》ったのか表情を曇《くも》らせる。

「……本気か？　海琴に……人にとって、獅子の姿がどのように目に映るか、これまでの経験で俺にもわかる。海琴に恐怖《きょうふ》の滲《にじ》む目で見られるのは、少し……キツイな」

目の前にライオンがいれば、確かに怖《こわ》いと思う。どう頑張《がんば》っても、生身の人間が勝てるわけがない猛獣《もうじゅう》だ。

子供の頃《ころ》からライオンが好きだった海琴は、祖父にせがんで動物園に連れて行ってもらったこともあるが、実物のライオンの迫力《はくりょく》に声もなく立ち尽《つ》くしてしまった。

頑丈《がんじょう》な檻《おり》に隔《へだ》てられていても、あれほどの威圧《いあつ》感があったのだ。手を伸ばせば触れられる距《きょ》離《り》で接するなど、想像もできない……けれど。

「普通《ふつう》のライオンなら、そりゃ……怖いって思うだろうけど。リオンだってわかってたら、怖くなんかない」

見も知らぬライオンとリオンでは、同じであるわけがない。

当たり前だろう……と笑《え》みを浮かべて、リオンの耳を指先で突《つ》いた。

「呪術師が、約束通りにリオンを人間にするなら……もう、二度と見られないんだよね。だから、最後にちゃんと目に焼きつけておきたい」

立派な鬣《たてがみ》を誇《ほこ》る、勇猛《ゆうもう》なライオン姿のリオンを知らないわけではない。でもそれは、夢の中での邂逅《かいこう》だ。

クリアな意識の中で、きちんと向き合いたい。

そんなふうに訴《うった》えた海琴に、リオンは硬《かた》い表情で視線を落とす。

しばらく逡巡《しゅんじゅん》していたが、海琴に発言を撤回《てっかい》する気がないと見て取ったのか、大きく肩《かた》を上下させて諦《あきら》めたような顔で口を開いた。

「……やってみよう」

「ありがと」

気が進まないと、全身で語っている。強要するみたいで申し訳ないと思うけれど、嫌ならいいと引き下がることはできなかった。

猛獣であろうとも、リオンの姿の一つであることは間違いない。

これが、きちんと目にすることのできる最後の機会になるかもしれないのなら、逃《のが》すわけにはいかない。

「失敗したら無様だな。少しのあいだ、背を向けろ」

「ん……わかった」

失敗したら恥《は》ずかしい、という言葉はなんとなく可愛《かわい》くて、頬《ほお》が緩《ゆる》みそうになるのをギリギリで堪《こら》える。

神妙《しんみょう》にうなずいてリオンに背中を向けると、服を脱《ぬ》いでいるのか……ゴソゴソ衣擦《きぬず》れの音が耳に入った。

バサリと脱ぎ捨てられる音が聞こえたきり、静寂《せいじゃく》が漂《ただよ》う。

静かだ。どうなっているのか不安になり……振り向いて確かめたい衝動を、なんとか押し留《とど》める。

「海琴」

「え？」

頭のすぐ傍《そば》で名前を呼ばれ、反射的に身体を捻った。

目に飛び込んできたのは、白銀の体毛に包まれ立派な鬣を揺《ゆ》らす……威風《いふう》堂々とした、美しい雄《おす》ライオンの姿だった。

体長は三メートル近く。床《ゆか》から肩までの高さは、一メートル以上はある。尻尾の長さだけでも、一メートルくらいはありそうだ。

六畳《じょう》ほどの部屋が、いきなり狭《せま》くなったように感じる。リオン自身の体軀《たいく》が立派なのもあるかもしれないけれど、なによりも存在感が凄《すさ》まじい。

呪術師《じゅじゅつし》の言う、『獅子王』という表現が他《ほか》にないほど的確なものであったのだと、初めて実感した。

「うわ……ぁ」

思わず漏《も》れた声が、恐怖ではなく感嘆《かんたん》と称賛《しょうさん》の滲むものだと、きちんとリオンに伝わっただろうか。

「すごい……綺麗《きれい》だ。リオン」

言葉にして伝えると、ジッとこちらを見ていた紺碧《こんぺき》の瞳《ひとみ》がふいっと逸《そ》らされた。

取ってつけたような、白々しい一言だっただろうかと焦《あせ》り、海琴は身を乗り出して懸命《けんめい》に言葉を続ける。

「本当だ。すっごく綺麗だよ。おれ、子供の頃からライオンが好きで、ポスターとかＤＶＤとか、いろいろグッズを集めたりしてたけど……これまで見たことのあるどんなライオンより、リオンが一番綺麗だ」

夢の中で、『ルイーザ』を通して見ていた時も、他のライオンとは比べ物にならないくらい勇猛で美しい姿だと思っていた。

けれど……こうして目の当《ま》たりにすると、「綺麗」以外に表す言葉を思いつかない自分が、歯《は》痒《がゆ》くなる。

「えっと、どう言えば嘘《うそ》じゃないってわかってもらえるかな……」

うまく伝えられないことがもどかしくて、必死で言葉を探した。

この美しさをリオン自身に伝える術《すべ》は、どこにある？

綺麗という台詞《せりふ》は言い尽くしたし、鏡を見せるのも変だろう。あとはもう、鬣を撫《な》で回すくらいしか……。

焦燥感《しょうそうかん》を抱《かか》えて唇《くちびる》を噛《か》んでいると、太い脚《あし》が畳《たたみ》を踏《ふ》み締《し》めて距離を詰《つ》めてきて……海琴の頬を、大きな舌がザラリと舐《な》めた。

「わっ！　なに……っていうか、舌っ、痛い。あ……別に、舐められるのが嫌《いや》ってわけじゃないからな。本当にっ」

猫《ねこ》科の動物の舌は、餌《えさ》である肉を剝《は》ぎ取りやすいようにザラザラしている。

そう知識では知っていたけれど、ライオンに舐められることなど初めてなのだ。驚いて、身を引くのも当然だろう。

早口でしどろもどろに言い訳を重ねる海琴から、リオンはスッと目を逸らし……鬣を揺らして、笑っている？

「それほど懸命に、言い訳をしなくてもいいだろう。俺を見る海琴の目が、恐怖を浮かべたものではないことくらいは、わかっている」

海琴の肩口《かたぐち》に大きな頭をすり寄せると、低い声で告げてくる。首筋や顔に触《ふ》れる毛がくすぐったくて、肩を竦《すく》ませた。

「だったら、早く言ってよ。おれ、誤解させたらいけないと思って、焦って……あれ？　リオン、人の言葉がしゃべれる？」

反射的に言い返した海琴だが、言葉の途中《とちゅう》でリオンの台詞を難なく聞き取れていたことに気がついて、首を傾《かし》げた。

「ああ……自分ではどんな言語を話しているか意識していないのだが、海琴に通じるのなら、そういうことだろうな」

そう言ったリオンが大きな頭を軽く振《ふ》ると、立派な鬣がパサパサと海琴の頬を撫でた。くすぐったい……けど、見た目の印象より柔《やわ》らかそうだ。触《さわ》りたい、という衝動《しょうどう》が込み上げてきて、指先がうずうずする。

「リオン、あのさ……嫌なら断ってくれていいんだけど、頼《たの》みがある」

「なんだ？」

目の前にいるリオンに向かって、おずおずと話しかける。海琴を見下ろしたリオンが、鼻先をヒクつかせた。

どう言い出せばいいのか、迷いに視線を泳がせると、頬をザラリと舐められて「うわっ」と首を竦ませた。

「変な遠慮《えんりょ》をせずに言え」

ライオンのリオンに、表情はない。でも、人の姿なら仕方なさそうに笑っていることが、声に滲《にじ》んでいる。

うなずいた海琴は、紺碧の瞳をジッと見ながら『頼み』を告げる。

「さ……触ってもいい？　もっと欲《よく》を言えば、抱《だ》きつくことができたら嬉《うれ》しい。大きなライオンをギュッとするの、子供の頃《ころ》からの夢で……」

望んでも叶《かな》うわけがないと、とっくにあきらめた夢だった。

それが、リオンが相手なら叶えられるかもしれない……と思えば、我慢《がまん》できなくなってしまった。

「なんだ、それくらい……好きにすればいいだろう」

事もなげに答えてラグに伏《ふ》せたリオンが、海琴の足元に頭を置く。

手を伸《の》ばせば届く位置にふさふさの鬣があり、コクンと喉《のど》を鳴らした海琴は、そろりと指を触れさせた。

……表面は少し硬いけれど、根元のほうに指を潜《もぐ》り込ませたら、ふわふわの産毛《うぶげ》みたいな触り心地《ごこち》だ。

ぬいぐるみとは違《ちが》い、リオンの体温が指先から伝わってくる。あたたかくて、気持ちいい。

指先で毛を掻《か》き分けてくすぐるように触れていると、リオンの耳がピクピク震《ふる》えた。

長い尻尾《しっぽ》がパタンパタンと揺れて床を叩《たた》き、くすぐったさを我慢してくれているのだろうか……と微笑《びしょう》を浮《う》かべる。

耳を手のひらで包むように撫で、背中を縦断して……尻尾をちょこんと指先で突《つつ》く。太い脚は、海琴の腕《うで》よりもがっしりと太くて逞《たくま》しいものだ。

少しずつ大胆《だいたん》になり、両手を首に回してギュッと抱きつく。

「うわ……感動」

がっしりとした猛獣《もうじゅう》の骨格を、全身で感じる。鬣《たてがみ》に顔を埋《う》めて、ぬくもりに目を閉じる。

このまま眠《ねむ》ってしまいたいくらい、ふわふわ……極上《ごくじょう》の気分だ。

「すごいね。背中とか肩《かた》のところとか、筋肉がしっかりついてて……尻尾も、見た目の印象より太いし。あったかい……」

夢中で白銀の毛に覆《おお》われた身体《からだ》のあちこちに触れていると、黙《だま》って床に伏せていたリオンがムクリと身を起こした。

「そろそろ気が済んだか」

不機嫌《ふきげん》そうな声ではないけれど、遠慮のない手つきで執拗《しつよう》に触れられて、鬱陶《うっとう》しくなってしまったのかもしれない。

尻尾まで握《にぎ》るなど、失礼だっただろうか。

「ごめん。リオンが黙って触らせてくれるから、調子に乗ってた。あんまりベタベタされたら、嫌だよな」

謝りながら慌《あわ》てて手を引いた海琴に、リオンは鼻先を寄せてくる。濡《ぬ》れた鼻が冷たくて、「ごめんって」と謝罪を重ねた。

「そうではない。そんなふうに愛撫《あいぶ》されると、欲情《よくじょう》を煽《あお》っているのかと妙《みょう》な気分になる。この姿で押さえつけられるのは、いくらなんでも嫌だろう？」

愛撫……欲情？

この姿で、押さえつけ……って……。

「や、っていうか……無理！　撫で回してごめんっ」

ぼんやりとしていた海琴だが、リオンの言葉の意味を解した瞬間《しゅんかん》、両手を胸元《むなもと》に上げて降参の意を示した。

いくらライオンが好きでも、そういう意味で好きなわけではない。まさか、本気でその姿のまま海琴を組み伏せようという気では……。

心の中で「無理無理」と繰《く》り返しながら、頬《ほお》を引き攣《つ》らせてジリッと後退《あとずさ》りすると、リオンはうつむいて「くくっ」と身体を震わせた。

「愛らしい拒絶《きょぜつ》だ。冗談《じょうだん》が本気になりかねん」

「本気にならないでいいからっ。っていうか、冗談……にしても、タチが悪いよ」

冗談だったのか。そうだよな。

ホッとした海琴が、動揺《どうよう》の残る声で「びっくりした」と続けると、リオンは更《さら》に大きく肩を震わせる。

焦《あせ》る海琴を前にして、そんなふうに笑うとは……人の悪い呪術師《じゅじゅつし》に、感化されてしまったのではないだろうか。

「そんなに笑うなって」

「ふ……っ、すまない。拗《す》ねるな。心配しなくても、この姿では、せっかくの海琴の肌《はだ》の感《かん》触《しょく》がわからなくてつまらん。人に戻《もど》るから少し待て」

宥《なだ》めているつもりか、ザリザリと頬を舐《な》められて、「イテテ」と顔を背《そむ》ける。

そっぽを向いたまま手の甲《こう》で数回頬を擦《こす》り、捻《ひね》っていた首を戻すと、もうリオンは見慣れた人の姿に変わっていた。

相変わらず、ライオンの耳と尻尾は残っているけれど……白銀の髪《かみ》と紺碧《こんぺき》の瞳《ひとみ》が目を惹《ひ》く、極上の美青年だ。

「早業《はやわざ》」

どんなふうにライオンから人に変化するのか、ちょっと興味があったのに……残念だ。

そんな思いが声に滲み出ていたのか、リオンは無言で微笑を浮かべて海琴の頬に唇を押しつけた。

ペロリと舐められるくすぐったさに首を竦ませると、そっと唇《くちびる》を重ねられる。

「やはり、キスはこちらのほうがいいな」

「ん……それは同意する。ザラザラのキスは、もういいや」

真顔でうなずいた海琴に、笑《え》みを深くして再び唇を寄せてきたから……瞼《まぶた》を伏せた海琴は、両手を伸ばして広い背中に腕を回した。

《十》

海琴を抱《かか》え上げて寝室《しんしつ》に場所を移したリオンは、壁際《かべぎわ》に畳《たた》んであった布団《ふとん》を器用に足で蹴《け》って広げる。

そこに下ろされたかと思えば、言葉もなく海琴が着ている服に手を伸ばしてきた。

「リオン、も……ちょっと、ゆっくり」

途中でシャツのボタンを外すのが面倒《めんどう》になったのか、下の三つを残してぐいぐいと強く引っ張られる。

ビリッとかすかに布の裂《さ》ける音が聞こえて、どこか破れたな……と眉《まゆ》を顰《ひそ》めた。

「イテ……み、耳……引っかかってる、って。リオン……ッ」

シャツの裾《すそ》を摑《つか》んで引き上げられ、耳に引っかかって痛いと苦情を零《こぼ》す。

それでもリオンは手を止めることなく、無言で海琴の頭から引き抜《ぬ》いたシャツを投げ捨てて、今度はズボンに手をかけてくる。

「うわっ」

下着と纏《まと》めてウエスト部分を摑まれて、足首に向かってずり下げられ……勢い余って後ろに転がってしまった。

視界がグルリと回り、軽い眩暈《めまい》に襲《おそ》われる。

布団が敷《し》かれていたことで大した衝撃《しょうげき》はなかったけれど、驚《おどろ》きのあまり心臓がドクドクと激しく脈打っていた。

「あ……の」

海琴の着ているものをすべて剝《は》ぎ取り、覆《おお》い被《かぶ》さってきたリオンの肩に手をかける。

寝室に入ってからずっと、リオンは無言だ。

この場に縫《ぬ》い留めようとするような、強い視線で海琴を見るばかりで、なにを思っているのか全然わからない。

「リオン……」

頼《たよ》りない声を零しても、引く気配はない。

言葉がないだけでなく、無表情で……海琴が怯《ひる》んでいることに気づいていないのか、察していながら無視しているのかも読めない。

スッと耳元に顔を寄せてきて、皮膚《ひふ》を撫《な》でる熱っぽい吐息《といき》を感じた直後、耳朶《みみたぶ》に軽く齧《かじ》りつかれた。

「リオン！」

ビクッと肩を震わせた海琴は、先ほどとは比べ物にならない強い口調で名前を呼ぶ。

そうしようと思ったわけではないけれど、泣きそうな声になってしまい、ようやくリオンが動きを止めた。

「あ……海琴」

ハッとしたように顔を上げ、紺碧の瞳と視線が絡《から》んだ。

懇願《こんがん》を含《ふく》む海琴の声を、無視することなく、きちんと聞き入れてくれたのだと……ホッとする。

海琴を見る目にはいつにない焦燥《しょうそう》感が滲《にじ》んでいて、唇を緩《ゆる》ませた。肩を掴んでいた手を浮かせると、そっと白銀の髪を撫でる。

「そんなに急ぐなって。おれは、逃《に》げない」

子供にするように、ゆっくりと言い聞かせる。獣毛《じゅうもう》に覆われた丸い耳をそっと手のひらに包み、根本を指先で引っ掻《か》いた。

「ッ」

くすぐったいのか、息を詰《つ》めたリオンは眉を顰めてピクピクと耳を震《ふる》わせる。手のひらに伝わる耳の動きが可愛《かわい》くて、海琴は唇に仄《ほの》かな笑みを浮《う》かべた。

リオンの手が頬を撫で、親指の腹が唇の端《はし》に押しつけられる。

「すまない。どこか……痛いか」

「大丈夫《だいじょうぶ》。でも、もっとゆっくりがいいな」

「……ああ」

ふっと息をついたリオンが、端整《たんせい》な顔を寄せてきた。

紺碧の瞳がどんどん近づき……瞼を伏《ふ》せる。そっと触《ふ》れ合わされた唇からは、ほんのりとしたぬくもりが伝わってきて肩《かた》の力が抜けた。

「ん……ゃ」

軽く押しつけられただけで離《はな》されそうになり、思わず頭を抱《だ》き寄せて引き留める。

その海琴の仕草で、海琴が拒絶していない……もっと深い口づけを求めているのだと安堵《あんど》したのか、触れるだけだったキスが濃度《のうど》を上げる。

「ぁ、ン……ン」

唇の合間から舌が潜《もぐ》り込んできて、ゆるゆると絡みついてくる。硬直《こうちょく》する海琴の舌を誘《さそ》い出すように舐め、上顎《うわあご》の粘膜《ねんまく》を舌先で辿《たど》る。

ゾクゾクと背筋を震わせた海琴は、縋《すが》るものを求めてリオンの頭を抱《だ》いている手に力を込めた。

「ン……ぁ、はっ、ア……」

リオンの舌先が口腔《こうこう》の粘膜をくすぐるたびに、ビクビクと身体《からだ》が震えてしまう。悪寒《おかん》に似たものがひっきりなしに背筋を這《は》い上がり、リオンの髪に指を絡ませた。

気持ちいい。頭、ぼんやりとする……。

リオンの頭を抱く手から力を抜いた直後、口づけが解かれた。

「ふ……っ、ぁ？」

ゆったりと漂《ただよ》っていた心地《ここち》よさを取り上げられて、ぼんやりと目を開く。滲《にじ》む視界にリオンの顔が映り、目尻《めじり》に溜《た》まっている涙《なみだ》の雫《しずく》を舐《な》め取られた。

「っん、動物じゃないんだから、舐めんなって」

「動物じゃない……か？」

苦笑混じりの声？　とリオンに目を向けると、視界の端にふらふら揺《ゆ》れる長くて白い尾《お》が映った。

海琴を見下ろしている頭には、丸いライオンの耳が……。

「ち、ちょっとだけ動物だけど……今は、耳と尻尾《しっぽ》だけだし。そんな不安そうな顔をしなくても、動物なのがダメだとは言ってないだろ。特に、ライオンは……子供の頃《ころ》から、特別に好きなんだ」

物心つく頃には、海琴はライオンに興味を示していたと祖母から聞いたことがある。

それはもしかして、海琴の中にいる『ルイーザ』が、ライオンを恋《こい》しがっていたのかもしれない。

かつて愛した存在を、無意識に求めていたのだとしたら、やはり海琴は『ルイーザ』の魂《たましい》を身の内に宿していたのだろう。

「さっきも、ライオンの姿のリオンを好きだって……伝わらなかった？」

リオンの背中に手を回した海琴は、スルリと尻尾を撫でて「好き」を伝える。尻尾だけでなく、耳も指の腹で撫でて「可愛い」と微笑《びしょう》を浮かべた。

「俺が獅子《しし》だから、好いてくれるのか？」

耳を震わせたリオンに、なんとなく複雑そうな顔でそんなふうに尋《たず》ねられて、「違《ちが》うって」と苦笑する。

「順番が逆だ。ライオンだからリオンが好きなんじゃなくて、リオンがライオンだから……好きなんだ」

「……幼い頃から？」

「うん」

ほんの少し思案の表情を滲ませたリオンは、海琴が『ルイーザ』の記憶《きおく》をある程度取り戻《もど》しているのだと、気づいたかもしれない。

けれど、「二度と、ルイーザの名前は出さない」とその口で語ったとおり、深く問い詰めてはこなかった。

「このような姿も、海琴が嫌《いや》でなければいいか」

ゆらりと長い尻尾を揺らしたリオンは、そうつぶやいて再び唇《くちびる》を重ねてくる。引きかけた熱を再燃させようとする口づけに、海琴は無我夢中で応えた。

「ン、ンッ……ぁ、リオン」

　ふっと唇が離されて、無意識に追いかける。リオンの唇の端を舐《な》めると、クスリと笑って舌先を甘噛《あまが》みされた。

「海琴は、舌も美味だが……他も味わいたいからな」

「ぁ！」

　今度は、耳の裏側……皮膚が薄《うす》い部分に唇を押しつけられる。舌先で舐めて軽く吸いつかれた途端《とたん》、ザワッと肌《はだ》が粟立《あわだ》った。

　海琴が身体を強張らせても、リオンは顔を上げることなく口づけを移動させる。

　首筋から……鎖骨《さこつ》。肩に、腋下《わきした》を辿って胸元《むなもと》まで。

「あっ、ぁ……くすぐ、った……い、って」

　リオンの髪《かみ》に指を絡ませて、くすぐったさを訴《うった》えながら身を捩《よじ》らせた。

　他人はもちろん、自分でもそんなふうに丹念《たんねん》に触れることなどこれまでなかったので、全身の皮膚がザワザワしている。

「それだけか？」

「ッ……ん！」

　身を震わせる理由はそれだけなのかと、低く問いながらリオンの舌先が胸の突起《とっき》を押し潰《つぶ》してくる。

その瞬間《しゅんかん》、鋭《するど》い電流のようなものが全身を駆《か》け巡《めぐ》り、海琴は咄嗟《とっさ》に奥歯を嚙《か》み締《し》めて息を詰めた。

「は……っ！　なに……ッ、ぁ……あっ、それ、ゃ……だ」

リオンの舌先が同じところを撫でるたびに、ビクビクと小さく身体が跳《は》ね上がる。未知の感覚が怖《こわ》くて、震える声で「やだ」と頼りなく繰《く》り返した。

なによりも、海琴にはない……柔《やわ》らかさを求められているみたいで。

「も、嫌だ……って。おれ、ルイーザみたいに柔らかくない……し。ごめ……っ」

「海琴？」

海琴が零《こぼ》した言葉に顔を上げたリオンが、怪訝《けげん》そうに名前を呼んでくる。

自分が、どんな顔でこんなみっともないことを言っているのか、わからない。右腕《みぎうで》を上げて顔を隠《かく》しながら、ポツポツと口を開いた。

「さ、触《さわ》ってても、気持ちよくないだろ。男の身体なんか……ッ？」

強い力で腕《うで》を摑《つか》まれて、顔の上から外される。海琴を覗《のぞ》き込むリオンの瞳《ひとみ》は、いつもより深い紺碧《こんぺき》色で……発憤《はっぷん》を示していた。

「俺は、一瞬《いっしゅん》でも比べたか？　海琴が不満だと……感じさせたか？」

感情を抑《おさ》えた、低い声が海琴を咎《とが》める。

その瞳に浮かぶものは、怒《いか》り……より、悲しそうな色だ。唇を震わせた海琴は、ゆるく頭を左右に振《ふ》った。

「……違う。おれが、勝手に……」

卑屈《ひくつ》になっただけだ。

リオンよりも、海琴のほうが『ルイーザ』に拘《こだわ》っている。

ごめん……と目を伏せると、腕を摑んでいたリオンの指が離れていく。

「海琴に、余計なことを考えさせなければいいか。……遠慮《えんりょ》はヤメだ」

「……あ」

強く膝《ひざ》を摑んで左右に割られ、ビクリと腿《もも》の筋肉を痙攣《けいれん》させる。膝のあいだにリオンの脚《あし》が割り込まされていて、閉じられない。

「俺が、どれほど海琴に触れたいと望んでいるか……その身で知ればいい」

そう宣言したリオンは、遠慮はヤメだと言い放った台詞《せりふ》を証明するかのように、海琴の膝を摑む手に力を込めた。


「や……だ、もう、そんな……舐め、っ！」

極上《ごくじょう》の糧《かて》を味わうかのように、くまなく全身に舌を這わせるリオンの耳を摘《つ》まみ、もう嫌だと訴える。

肉食獣《にくしょくじゅう》に捕《と》らえられ、身を捧《ささ》げた草食動物になった気分だ。抗《あらが》おうにも手に力が入らなくて、獣毛《じゅうもう》に覆《おお》われた耳を引っ張ろうとしても触《ふ》れるだけになってしまう。

　頭の中が、真っ白になっている。もう、なにも考えられなくて……リオンの指や、舌だけを感じる。

「海琴の肌は、どこもかしこも甘い。やはり、獅子の姿ではなくこちらに戻って正解だった。あれでは、こう……触れることなど、できないからな」

「ッ、あ……ぁ！」

　リオンの声と共に、指が……開かれた脚の奥、双丘《そうきゅう》の狭間《はざま》に滑《すべ》り込んでくる。

　咄嗟に膝を閉じようとしたけれど、脚のあいだにリオンの身体《からだ》を挟《はさ》み込んでいるせいで、逃《のが》れる術などないのだと突《つ》きつけられた。

　耳の奥で心臓の鼓動《こどう》が激しく響《ひび》き、うるさい。自分が漏《も》らす声は聞こえないのに、リオンの低い声だけは不思議とハッキリ届く。

「ここも、どろどろになるまで舐めて……一欠片《かけら》の苦痛も与《あた》えないよう、じっくりと俺に慣らしてやるから安心しろ」

「い、言うな……って」

顔が……顔だけでなく、全身が熱い。

リオンの指が触れたところ、舌を這《は》わされたところが、本当にどろどろに融《と》かされているみたいだ。

そうして融けたところを、余すことなくリオンに舐め取られている。

「ふ……我が妻は、実に愛らしいな」

「だから、もう黙っ……ッ！」

恥《は》ずかしい台詞に、「黙《だま》ってやれ」と言い返そうとしたところで、グッと息を詰《つ》める。

リオンの指……が、身体の奥にじわりと潜《もぐ》り込んでくる。反射的に身体を強張《こわば》らせた海琴を咎めるように、ぬるりと濡《ぬ》れた感触《かんしょく》が指に続く。

「やだ、それ……嫌だ、ぁ」

有言実行とばかりに、舌を這わせて……舐め濡らし、緊張《きんちょう》を解《ほぐ》そうとしている。

海琴に苦痛を与えないようにという気遣《きづか》いはわかるが、逆効果だ。あまりの羞恥《しゅうち》に、ますます身体を強張らせてしまう。

「海琴。身を硬くするな。俺を拒《こば》むつもりでないなら、もう少し力を抜《ぬ》け。それとも……本当は嫌なのか？」

不安を滲《にじ》ませた声に、ブルブルと忙《せわ》しなく首を横に振った。

嫌なら、とっくに蹴《け》って逃《に》げている。

涙《なみだ》が滲むような、言葉にできない恥ずかしさに耐《た》えている理由がなにか、わからないのかと恨《うら》みがましい気分になる。

「嫌《いや》がってるように、見えるなら……やめろ。二度と、触らせない」

「……海琴」

途方《とほう》に暮れたような響きで名前を呼ばれて、閉じていた瞼《まぶた》を押し開いた。滲む涙で霞《かす》む視界に、リオンを映す。

威厳《いげん》ある獅子《しし》王が、耳を伏《ふ》せ……情けない顔をしている。

ただひたすら、海琴の様子を窺《うかが》い、気遣って……愛しいのだと、伝えようとしてくれているのはわかるけれど。

「なんて顔、してるんだよ。王のプライドは、どうした」

震《ふる》えそうになる手を伸《の》ばして、指先で丸い耳を弾《はじ》く。その海琴の手を摑み、指先に口づけながらポツポツと言い返してきた。

「おまえの前では、王としての矜持《きょうじ》などちっぽけなものだ。おまえに拒まれたら……どうすればいいのか、わからない」

「……っ、嫌《きら》ってないから安心しろ。もう、いいよ。弄り回してないで、それ……入れろって。おれが嫌だって言ったら、本気でやめる気か？」

もぞりと膝を立てて、リオンの屹立《きつりつ》に押しつける。その状態で引き下がる気なら、気遣いではなくただのヘタレだと、潤《うる》む目で睨《にら》み上げた。

「そう……思っていたが、無理だな。すまない」

「謝るな、バカ」

自己嫌悪《けんお》を滲ませてつぶやいたリオンには悪いが、ホッとした海琴は、肩《かた》に手をかけて熱い身体を引き寄せる。

「指とかより、早くリオンを感じられるほうがいい。苦しくて引っ掻《か》いても……許してくれるんだよな？」

軽く背中に爪《つめ》を立てて、引っ掻くぞと予告する。

本当は、怖い。長い指を挿入《そうにゅう》されただけでも、違和感《いわかん》が凄《すさ》まじいのだ。それ以上の質量だと思えば、苦痛が伴《ともな》うのは確実で……でも。

「もちろん。嚙《か》まれようが、引っ掻かれようが……愛《いと》しい痛みだ」

リオンが心底幸せそうな笑みを浮《う》かべてそう答えるから、「怖《こわ》い」という思いから手を放す。

深く息をついて、背中を抱《だ》く手に力を込めた。リオンは、海琴に抱き寄せられるまま身体を重ねてくる。

「ッ……ン！」

息が詰まる。苦しい……引っ掻くと予告したけれど、そんな余裕《よゆう》もない。

ただひたすら、浅い息を繰《く》り返してリオンに縋《すが》りつくだけで精一杯《せいいっぱい》だ。

「海琴。……海琴」

熱っぽい声で、繰り返し耳元で名前を呼ばれ……何故《なぜ》か、じわりと視界が揺《ゆ》らいだ。

理性を飛ばしかけた状態で呼ぶ名が、『海琴』だと。それだけで、こんな幸福感に包まれるなんて知らなかった。

自分の名前が、これほど特別なものだなんて……。

瞼を震わせて薄《うす》く目を開くと、食い入るように見下ろしてくる紺碧《こんぺき》の瞳《ひとみ》と視線が絡《から》んだ。

澄《す》んだ深海の色ではなく、青い焔《ほのお》のようだ。海琴を焼き尽《つ》くそうとするような、熱を孕《はら》んでいる。

身の奥で感じる熱も、灼熱《しゃくねつ》の視線も……すべてが『海琴』に向けられているのだと、否応《いやおう》なく伝わってくる。

「海琴」

それ以外に言葉を知らないように、熱を含《ふく》んだ声が海琴を呼ぶ。

どんな台詞を告げられるよりも、ひたむきなリオンの想《おも》いを感じられて、震える手で頭を抱き寄せた。

唇《くちびる》を撫《な》でる吐息《といき》……絡みつかせた舌も、熱い。

融ける……。

「っ……リオン」

今、なにを言えばいいのか、一つも思い浮かばなくて。

リオンの名前を呼び返した海琴は、鼓膜《こまく》を震わせる「愛してる」という声に目を閉じて、力いっぱい背中にしがみついた。

ずっと、傍《そば》にいる。もう独りにしないからと……リオンに伝わればいい。

□□□

静かな店内には、海琴と二人で導き出した結論を語る、落ち着いたリオンの声のみが響《ひび》いている。

「だから……牙《きば》は貴様にやる。好きにしろ」

リオンは、定位置となっている背の高いスツールに腰《こし》かけている呪術師《じゅじゅつし》に向かって、迷いなく告げた。

それきり口を噤《つぐ》み、真っ直《す》ぐに呪術師を見ている。

無言でリオンの話を聞いていた呪術師は、

「……それが答えか」

スッと立ち上がると、指に巻きつけた金色のチェーンを見せつけるように揺らして、ふんと鼻を鳴らした。

揺れるチェーンの先にある牙を睨むのは、海琴のみだ。リオンは目に入れようともせず、呪術師を見据《みす》えている。

「ああ。残されたほうの牙も貴様にやろう。だから約束どおり、完全に解呪してくれ。人として……海琴と共に生きるのに、不自由がないように」

「つまらんな。もっと葛藤《かっとう》して、苦しむかと思ったのに……これでは、おまえのいいように望みを叶《かな》えるだけではないか」

ジロジロと観察するように全身を眺《なが》められた海琴は、なんとも言い難《がた》い居心地《いごこち》の悪さに肩を竦《すく》ませる。

まるで、昨夜のリオンと海琴が交《か》わしたやり取りの一部始終を知っているみたいだ。部屋の隅《すみ》の暗がりに潜《ひそ》み、覗《のぞ》き見られていたのではないかと眉《まゆ》を顰《ひそ》める。

「葛藤がなかったわけがないだろう。ただ、俺は……海琴を選んだだけだ」

「その代わりに、ルイーザを捨てるのか。あれほど必死で、私に乞《こ》うたのに……ずいぶんと容《た》易《やす》い心変わりだな」

挑発《ちょうはつ》的な台詞《せりふ》を口にしながら嘲笑《ちょうしょう》する呪術師に、黙《だま》っていられなくなった。

反論することなく、険しい表情で唇を引き結んでいるリオンに代わり、海琴が一歩踏《ふ》み出しながら言い返す。

「あんたに、なにがわかるんだ。リオンが……どんな思いで二百年もルイーザの転生を待って探し続けたか、知らないだろう。容易いとか……捨てるとか」

拳《こぶし》を握《にぎ》って、リオンが耐えた二百年という長い時間に思いを馳《は》せる。

海琴にも、わかってあげられない。でも、最初に公園で顔を合わせた時のリオンの様子は思い出すことができる。

ルイーザに向けた愛しさと巡《めぐ》り逢《あ》えた喜びを、全身全霊《ぜんれい》で表していた。気圧《けお》された海琴が、逃《に》げることもできないほど……。

「わからんな。二百年など、ほんの少し居眠《いねむ》りをしているあいだに過ぎる時だ」

「……じゃあ、わからなくていい。でも、ルイーザを捨てるって言い方は許さないからな。ルイーザは、捨てられたなんて思っていない。今もリオンが自分を愛してると、ちゃんとわかってる。おれの中にいるルイーザが、そう言ってる」

うまく説明できなくて、子供が必死で主張しているかのようなたどたどしい言い回しになってしまう。

海琴自身にも、ハッキリわかっているわけではないのだ。

でも、リオンの腕《うで》に抱かれて朝日の中で目覚めた時、奇妙《きみょう》な充足感《じゅうそく》に包まれていることに気がついた。

今まではバラバラに存在を主張していた『ルイーザ』と『海琴』の魂《たましい》が、混じり……融合《ゆうごう》して、馴染《なじ》んだみたいだと言えばいいのだろうか。

これまで幾度《いくど》となく見た、サバンナでの夢と現実の境が曖昧《あいまい》になっていて、不思議な感覚だった。

「海琴……？」

初耳だと、不思議そうな顔をしているリオンには「あとで話す」とだけ返して、呪術師に向き直った。

「約束、守れよ。リオンが牙を差し出したら……普通《ふつう》の人間にするんだろ」

「ただの人となり、どうする？　平凡《へいぼん》な人となった獅子《しし》王が、どのように人間の中で生きていけると思う？」

海琴と目を合わせた呪術師は、意地の悪い顔と口調でそう言いながら、ニヤリと笑みを浮かべる。

どのように？　どうとしてでも……だ。

「競馬当ての能力や、宝石の味がわかんなくなって……顔とスタイルしか取り柄《え》がなくなっても、おれが食わせるからいいんだよ」

ムッと眉を顰めながら迷いなく言い返した海琴の言葉は、予想外だったのだろう。

呪術師は、啞然《あぜん》とした顔になり……背後から、リオンが「海琴。それは少しばかり情けないな」とつぶやく声が聞こえてきた。

「だ、だって……それが一番じゃないのか？　リオン、他《ほか》になにか、おれに隠《かく》してたすごい特技がある……とか？」

しどろもどろに口にした海琴に、呪術師はふっと息をついてこれまでの意地の悪い笑みとは違《ちが》う微笑《びしょう》を浮かべた。

「勇ましいようでいて、深く考えずに発言しているだろう」

「そっ、れは……」

否定できなかった。

男らしく胸を張って言い返したつもりなのに、呪術師を面白がらせただけのようでスッキリしない。

「これが伴侶《はんりょ》では……気が休まらんな、獅子王」

「それが海琴の愛らしいところだ。なにに対しても、一生懸命《いっしょうけんめい》で……逃げない」

リオンの言葉は買い被《かぶ》り過ぎではないかと思うけれど、呪術師は、

「ハイハイ、そいつはなにより」

と投げやりに言い捨てて、金色のチェーンを海琴に投げ寄越《よこ》してきた。

身構えていなかったせいで受け取りそびれそうになったけれど、床《ゆか》に落ちるギリギリのところで握り締《し》めることができた。

リオンの大事な牙を、投げるなんて……。

「っ、なにすんだよ！」

ドクドク激しく脈打つ心臓を抱《かか》えて、呪術師を睨《にら》みつける。

ギュッと手のひらに牙を握り締めている海琴を、目を細めて見遣《みや》り……ふふんと、なにかを企《たくら》んでいるような微笑を滲《にじ》ませる。

「つまらんから、そいつは返してやる。獅子王は、役に立ってくれるからな。せっかくの能力を失われては、こちらの損だ。人としての生は短い。せいぜいそのあいだ、働いてもらうとしよう」

「え……」

どういう意味だ？　と、リオンと顔を見合わせる。

海琴の手から牙を引き取ったリオンは、ジッとそれを見下ろして呪術師に歩み寄った。

「魔獣《まじゅう》として、手先にしなくていいのか。そのほうが使えるだろう」

「……さすが賢《かしこ》いな、獅子王。それもそうだが、人に紛《まぎ》れて生きるには面倒《めんどう》なことが多いからな。人との交渉《こうしょう》事などの雑用をこなす手先には、変哲《へんてつ》のない人間に見えるほうが都合がいい。飽《あ》きるまで、この街に留《とど》まるといっただろう？」

呪術師がリオンの頭上に手を翳《かざ》すと、ライオンの耳が……消えた？

尻尾《しっぽ》は確かめようがないけれど、こうして見る限り普通の人間として違和感《いわかん》のないものになった。

「悪趣味《あくしゅみ》な暇人《ひまじん》とばっかり思ってたけど……実はいい人なのか？」

海琴のつぶやきが聞こえたのか、呪術師《じゅじゅつし》がジロリと睨みつけてくる。

慌《あわ》てて口を噤むと、興味が失《う》せたと言わんばかりの顔で、鼻を鳴らして踵《きびす》を返す。

「塒《ねぐら》に戻《もど》り、先の短い人生の相談でもすればいい。ああ……そこの人間にも、獅子王と共に働いてもらうから覚悟《かくご》しろ。……久々に長く起きていたから、眠《ねむ》くてかなわん。しばし……月が半分になるあたりまで眠るが、ここの番は任せたからな」

呪術師は、一方的に勝手なことを言い残して、店の奥に姿を消した。

月が半分になるまで……とは、何日寝《ね》るつもりだ？

リオンと二人、薄暗《うすぐら》い店に取り残されて……再び顔を見合わせる。

「やっぱり、実はいい人？」

「まさか。裏があるに決まっている。……とりあえず、俺とおまえにとっては悪くない状態になったが」

チェーンごと牙《きば》を握ったリオンは、呪術師が親切なわけがない、不可解だ……と険しい顔をしている。

そういえば、海琴に対する呼び名が『ルイーザ』や『獅子王の妃《きさき》』ではなく、『そこの人間』になっていた。

喜んでいいことなのか、眉を顰めるべきなのか……なんとも判断し辛《づら》いけれど。

「えーと……とりあえず、帰ろうか。で、呪術師の言ったように、先の相談でもする？」

「そう……だな。構えていただけに、拍子抜《ひょうしぬ》けしたが……」

波乱を覚悟していたのに、予想もしていなかった呪術師の言動に気が抜けたのは、海琴も同じだ。

でも、当の呪術師が姿を消してしまったのだから、真意を探《さぐ》る術もない。波乱が起きるのは、これからということか。

「……後でうるさいから、戸締《とじ》まりをしていくか」

嘆息《たんそく》したリオンは、いつも呪術師が腰《こし》かけているスツールに手を伸《の》ばして座面の裏あたりを探り、銀色の鍵《かぎ》を手にする。

ついさっきまで唖然としていたのに、現実的というか……堅実《けんじつ》というか、呪術師が店番や人との交渉を任せたくなるのもなんとなくわかる。

「おれの伴侶は、頼《たよ》りがいがあるなぁ……」

ポツリと独り言を零《こぼ》した海琴を、一歩足を踏《ふ》み出したリオンが振《ふ》り向いた。伴侶という一言を聞かれてしまったかと焦《あせ》ったけれど、「どうした？」と笑いかけてくる。

よかった。聞こえていない……とホッと胸を撫《な》で下ろした海琴に、手を差し伸べてきた。

「行くぞ、海琴」

「う、うん」

自然な仕草でエスコートしようとしたリオンに気づかなかったふりをして、ギクシャクと足を動かした。

差し出された手を無視したことが気に入らないのか、不満そうに「海琴」と名前を呼ばれたけれど、立ち止まることなく骨董品屋《こっとうひんや》の外に出た。

ライオンの耳がなくなっただけなのに……改めて、非常識な美形だと再確認してしまった。甘ったるく笑いかけながら手を差し出されたことが、恥《は》ずかしくて堪《たま》らなくなった……なんて今更《いまさら》なことを、気づかれてたまるものか。

ゴシゴシと頰《ほお》を擦《こす》って歩道を歩いていると、背後から「待て、海琴」と呼びかけながらリオンが追いかけてくる。

周囲から異様なほど注目を集めていると、リオンだけが気づいていない。

「先に行くな」

海琴の隣《となり》に並んだリオンは、不満そうに「海琴」と呼びかけてくる。

足を踏み出し、身体《からだ》が揺《ゆ》れるたびに腕《うで》が触《ふ》れる距離《きょり》の近さだ。密着して歩いているのにも等しい。

「わかった。置き去りにしたのは悪かったから、ちょっと離《はな》れて」

「どうして、離れなければならない？」

不機嫌《ふきげん》な声で言いながら肩《かた》を抱《だ》き寄せられて、突《つ》っぱねようとしたのは逆効果だった……と、己の迂闊《うかつ》さを悔《く》いる。

これ以上目立ちたくない海琴は、リオンが手に持っている帽子《ぼうし》に目を留めて指差した。

「せめて、それ……被《かぶ》ってよ」

「隠《かく》すものは、もうないが」

頭の上にあった、ライオンの耳を隠すためのアイテムだ。もう、帽子に用はない……と眉《まゆ》を顰《ひそ》める。

リオンが、窮屈《きゅうくつ》そうな顔をしつつ仕方なさそうに帽子を被っていたのは知っているけれど、まだ用済みにしてあげられない。

「うん。でも、キラキラした髪《かみ》を隠してくれる？」

長身と瞳《ひとみ》の色はどうにもならないが……とりあえず、一番目立つものを人目から隠してもらおう。

力なく帽子と髪を交互《こうご》に指差す海琴に、リオンは不思議そうな顔をしながらも「わかった」とうなずく。

「これでいいだろう」

そう口にして肩を抱かれても、もう逃《のが》れる術を見出《みいだ》せずに……諦《あきら》めた。

呪術師はただの人と言ったが、コレは普通《ふつう》の人間と呼べるのだろうか？　人目を惹《ひ》く容姿はそのままだ。

先が思いやられる……と思いながらチラリと隣を見上げると、タイミングよくリオンと視線が絡《から》んだ。

「なんだ?」

優《やさ》しく笑いかけてくるリオンに、アナタのせいで目立つのが迷惑《めいわく》なんですなどと、理不尽《りふじん》な八つ当たりはできなくて……。

「……なんでもない。オトコマエだな、と思っただけだ」

これはいっそ、開き直るしかないかと、深く息をついた。

海琴と肩を並べて歩くリオンが、幸せそうに笑っているから……もういいか。

あとがき

こんにちは、または初めまして。真崎《まさき》ひかると申します。『獅子王の激愛幼妻』をお手に取ってくださり、ありがとうございました！

獅子、ライオンです。なんとなく、イロモノ……でしょうか。

ライオン、大好きです。PCデスクの脇《わき》にある、ぬいぐるみのライオンの尻尾《しっぽ》を摘《つ》まみながら書きました。

幼妻感をあまり出せなかったかも……というのが心残りですが、これから存分にいちゃついてくれると思います。

海琴は、ライオンの耳や尻尾がなくなったことを密《ひそ》かに残念がって、リオンによく似たライオンのぬいぐるみをコッソリ購入《こうにゅう》して……見つけたリオンに拗《す》ねられ、お仕置きされてしまえばいいと思います（笑）。妄想《もうそう》でした。

イラストを描《か》いてくださった、鈴倉温《すずくらはる》先生。とんでもないご迷惑《めいわく》をおかけしたかと思います。申し訳ございません。それなのに、すごくすごく可愛《かわい》いリオンと海琴をありがとうございました！

ライオンのぬいぐるみのリオンが、本っ当に可愛いです。耳と尻尾だけバージョンもラブリーで、ずっとこのままでもいいかも……などと思ってしまいました。

恐《おそ》ろしいまでにお手を煩《わずら》わせました、担当A様。あれもこれも……なにもかも、ありがとうございました。そして、申し訳ございませんでした。過去三指に入るレベルで、鬼畜《きちく》なことをしでかしました。体調管理も仕事の内だと、改めて己《おのれ》を律します。

ここまでおつき合いくださり、ありがとうございます。威風《いふう》堂々とした獅子王……と繰《く》り返しつつ、海琴の尻《しり》の下に（嬉々《きき》として）敷《し》き込まれているただのヘタレになってしまった気がしますが、ちょっぴりでも楽しんでいただけると幸いです！

では、バタバタ急ぎ足ですが、このあたりで失礼します。また、どこかでお逢《あ》いできましたら嬉《うれ》しいです。

二〇一六年　近所で藤《ふじ》が咲《さ》き始めました　真崎ひかる

KADOKAWA
RUBY BUNKO

獅子王《ししおう》の激愛《げきあい》幼妻《おさなづま》
真崎《まさき》ひかる

角川ルビー文庫 R172-5　　19787

平成28年6月1日　初版発行

発行者――――三坂泰二
発　行――――株式会社KADOKAWA
〒102-8177　東京都千代田区富士見2-13-3
電話 0570-002-301（カスタマーサポート・ナビダイヤル）
受付時間 9:00～17:00（土日 祝日 年末年始を除く）
http://www.kadokawa.co.jp/
印刷所――――暁印刷　製本所――――BBC
装幀者――――鈴木洋介

ISBN978-4-04-104393-6　C0193　定価はカバーに明記してあります。

しっぽを握るのは交尾のお誘い!?
白狐と異郷で奥方修業!
鴇 六連
イラスト／鈴倉 温
白狐の奥方として
床のつとめを果たせ!!
白《びゃ》狐《っこ》と狐《こん》姻《いん》。
妖に襲われたところを稲荷神の眷属・稲守に助けられた七緒。
思わずもふもふのしっぽに触れると、稲守はそれを交尾の誘いだと言い放ち、
七緒を押し倒してきて…!?

可愛がっていた飼い犬が、
異世界で犬の王になっていた!?
数年前にいなくなった飼い犬・シロを捜して異世界に迷い込んでしまった
郁己の前に現れたのは、犬の国の王となっていたシロだった!
シロは郁己を「嫁にする」と何度も体を重ねようとしてきて……!
犬の王の溺愛花嫁
Inunoou no Dekiaihanayome
もう飼い犬では
いられない。
主従の枠を越えて、
お前が欲しい。
かわい恋 イラスト/榊 空也

ルビー文庫